Ingrid Metz-Neun

VERÄNDERUNG

Roman

Mut ist wie Veränderung – nur früher!

Waren meine 20 Umzüge mutig?? Zumindest weiß ich jetzt:

sie waren nicht umsonst. Der Rückblick hat mir viel über mein

bisher gelebtes Dasein zu verstehen gegeben. Viel Spaß beim Lesen

dieses „unruhigen" Lebens und Mut zu eigenen Veränderungen.

Ingrid Metz-Neun, Jahrgang 1950, Schauspielerin, Sprecherin,

Regisseurin, Autorin. Lebt nach vielen hektischen Großstadt-

jahren in einem kleinen hessischen Kurort und schreibt

Romane und Kinderbücher.

Alle Rechte vorbehalten
© Ingrid Metz-Neun (2023)
www.ingrid-metz-neun.de

ISBN: 978-3-751952-03-3

Coverfoto: Sigrid Ross (Rosa „Bonica 82")
Cover, Layout und Satz: Grafik Design 25, Fulda
Herstellung und Verlag: BoD - Books on Demand, Norderstedt
www.bod.de

PROLOG

Mut ist wie Veränderung – nur früher

„Alles hat seine Zeit"

(Lutherbibel, Prediger 3, 1-11)

„Verstehen kann man das Leben oft nur rückwärts,
doch leben muss man es vorwärts"

(Søren Kierkegaard)

„Ich habe eine gute und eine schlechte Nachricht für Sie, Frau Körner. Welche möchten Sie zuerst hören?"

„Die Gute" sagte sie rasch und schaute ihn dabei wie immer schmachtend an.

„Die gute Nachricht ist: wir bekommen Ihre Rhythmusstörungen immer besser in den Griff."

„Und die schlechte?" fragte sie ängstlich, während er behutsam das Kontaktgel, das für die Ultraschallaufnahme nötig ist, von ihrem Körper wischte.

„Sie haben einen Mitbewohner, einen hübschen Gallenstein."

„Aber ich habe den ja gar nicht bemerkt."

„Und da er den Gallenfluss nicht behindert, lassen wir ihn auch bei Ihnen wohnen. Aber wir behalten ihn im Auge."

Mit geübtem Schwung warf er das benutzte Zelltuch in den Abfalleimer.

„Aber … dann ist das doch gar keine so schlechte Nachricht", warf sie jetzt leicht stotternd ein.

„Nein, Frau Körner. Ich bin überaus zufrieden mit Ihrem Zustand. Versprechen Sie mir nur, Ihre Tabletten regelmäßig zu nehmen und auch weiter zur Seniorengymnastik zu gehen. Und nicht die Entspannungsübungen vergessen. Wir sehen uns in drei Monaten zur Kontrolle wieder. Ach, und was ich Ihnen schon immer einmal sagen wollte: die Libido bei Frauen unterliegt keiner Altersgrenze, auch wenn Ihnen das als Katholikin eingeredet wurde."

Sie war sprachlos. War er nicht nur ein guter Arzt, sondern auch noch Hellseher, oder war ihr schmachtender Blick zu eindeutig? Sie hatte sich rasch angezogen und war fluchtartig aus der Praxis geeilt. Erst drei Straßen weiter fiel ihr ein, dass sie ein Rezept für ihre Schilddrüsenunterfunktion benötigte.

Sie überlegte einen Moment, dann ging sie langsam zurück.

„Haben Sie etwas vergessen, Frau Körner", fragte die Sprechstundenhilfe freundlich.

„Ja, ein Rezept für L-Thyroxin."

„Ach, da hätte ich aber auch dran denken können. Kommt sofort." Und schon rauschte sie samt Rezeptblock in das Sprechzimmer des Arztes, um wenig später das Rezept auszuhändigen.

„Danke, Frau Kollmann, sehr lieb." Und schon stand sie wieder auf der Straße. „Nix wie weg, nur nicht von Frau Kollmann in ein Gespräch verwickeln lassen."

Sie ging an diesem Abend sehr zufrieden ins Bett. Schrieb in ihr Tagebuch die Glücksmomente der vergangenen Stunden auf und machte noch ein paar Atemübungen zur Entspannung. Ganz ohne Herzstolpern schlief sie endlich einmal schnell ein.

Sie wunderte sich, über sich selbst. Obwohl sie nicht mehr als vier oder fünf Stunden geschlafen hatte, fühlte sie sich am nächsten Morgen leicht und unbeschwert. Tagsüber konnte sie immer schlafen, aber meistens kam irgendwas oder irgendwer dazwischen. Der Arzt hatte gesagt: „Schlafentzug ist für den Körper schlimmer als Folter.

„Begehe ich Selbstmord auf Raten?" fragte sie sich.

Es war ein heißer Sommer. Heißer als alle anderen davor. Fast täglich wurden Hitzerekorde gemeldet, aber ab 22 Uhr war es auf ihrem Balkon sehr angenehm. Sie liebte es, draußen zu sitzen und zu lesen oder einfach nur ihren Gedanken nachzuhängen.

„Der Ahorn unter mir müsste unbedingt Wasser haben. Er lässt in den oberen Spitzen schon seine hübschen Zackenblätter traurig nach unten schauen.

Der dicken Kastanie scheint es gut zu gehen und auch den anderen großen Bäumen, ich glaube, es sind Buchen. So genau kenne ich mich nicht aus. Wichtiger ist mir, wer sie bewohnt, welche Vögel immer wieder die angestammten Äste aufsuchen. Das interessiert mich".

Die Vielfalt der unglaublich vielen Bäumen in den Parks um sie herum machte sie glücklich.

„Die Luft ist jetzt wie Seide. An was erinnert mich das? An das Rote Meer oder Madeira vor vielen Jahren?"

Sie träumte vor sich hin. Es fühlte sich plötzlich alles gut an. Trotz der großen Anspannungen in den letzten Monaten. Margot hatte ihr ein Emailschildchen geschickt. Darauf stand: „Eigentlich hatte ich heute viel vor. Jetzt habe ich morgen viel vor!"
Einer der Umzugsleute hatte es entdeckt und breit gegrinst.
„Guter Spruch" sagte er zu seinem Kollegen.

Im Wohnzimmer stapelten sich noch gefühlte 40 Umzugskartons, die alle ausgepackt, ihr Inhalt verstaut und die leeren Kartons auseinandergefaltet werden wollten, damit sie im Keller nicht so viel Platz wegnahmen. Ihre Finger waren schon rissig von dieser ungewohnten Arbeit.

Es war weit nach Mitternacht. Mindestens zwei Stunden hatte sie sich auf dem Balkon gegönnt, ein Tomatenbrot verspeist und wie gewohnt Tee dazu getrunken. Wasser mochte sie nicht mehr. Früchtetee, abgekühlt im Kühlschrank aufbewahrt, war eine gute Alternative.

„Nein, ich werde nicht zur Alkoholikerin, obwohl ich festgestellt habe, dass es sich leicht beschwipst besser einschlafen lässt. Doch nur für kurze Zeit, dann ist wieder Ruhelosigkeit angesagt", hatte sie beim letzten Telefonat ihren Sohn beruhigt.

„Irgendwie hat das Auspacken aber auch etwas Spannendes, weil mir ständig etwas in die Hände fällt, dass ich entweder schon lange vermisst habe, und ich mich riesig freue, es endlich wieder zu haben. Oder ich finde Sachen, von denen ich gar nicht wusste, dass ich sie besitze und auch nicht wofür. Dann überlege ich lange: in den Abfall oder behalten?"

„Im Zweifelsfall immer wegwerfen, Mom. Was Du die letzten Jahre nicht vermisst hast, wirst Du auch in Zukunft nicht unbedingt brauchen. Es belastet Dich nur."

Sie hätte mit ihrem pragmatischen Sohn das Thema gar nicht anschneiden sollen, ging es ihr durch den Kopf.

Am schlimmsten war es, wenn sie Bilder fand und rätselte, welches von wem war, für was und wann. Das konnte dauern!!!

Apropos Bilder. Heute hatte sie entdeckt, dass Horst Janssen einen Riss quer übers Gesicht hatte.

Sie wusste nicht mehr, wer ihr das Selbstportrait geschenkt hatte, aber nun war das Glas des rahmenlosen Bildes zerbrochen und verlieh dem leicht versoffenen Blick des Künstlers eine weitere komische Note. Die Drahtklipse hielten noch das Glas, aber sie konnte es nicht mehr aufhängen. Jetzt hatte sie es auf den Boden neben den Aktenschrank im Büro gestellt und konnte es wunderbar vom Schreibtisch aus ansehen.

„Ich werde es nicht reparieren. Ich lasse es so. Es hat so für mich einen besonderen Charme", sagte sie laut zu sich selbst.

„Oh ja, ich wundere mich. Wunder mich über mich selbst.

Der **zwanzigste Umzug** in einem ruhelosen Leben."

„Bist Du umzugssüchtig?" fragte sie ein Freund am Telefon. „Nein, wirklich nicht. Ich reagiere nur."
„Aber warum immer gleich so vehement?"
„Ich kann nicht anders. Ich habe keine Geduld Situationen auszusitzen und zu hoffen, dass sie sich von selbst regeln. Ich muss handeln."
Eine lange Pause entstand am anderen Ende der Leitung. Dann: "Eine kostspielige und anstrengende Art zu leben, meine Liebe."

Wie recht er hatte. „Ich glaube, je älter ich werde, desto unverständlicher werde ich für viele meiner Freunde. Aber sie halten zu mir, bieten mir Hilfe an, trösten mich, bringen mich zum Lachen. Manchmal denke ich, dass manche gerne ein wenig so wären wie ich, aber sich nicht trauen", ging es ihr durch ihren grauen Wuschelkopf.

Mit jedem leeren Karton wurde sie fröhlicher, denn sie konnte sich langsam vorstellen, wie das Wohnzimmer einmal aussehen würde, ohne all die Kartons inmitten des Raums.

Überall hatte sie blaue Flecken und Muskelkater vom Schleppen, aber so langsam nahmen die Kartonberge ab, waren nur noch zwei- oder dreifach übereinander aufgetürmt. Es lichtete sich.

Zwischen Handtüchern fand sie die nächsten Bilder. Alle heil. Sofort fing sie an, sie aufzuhängen. Zum Glück hatte das alte Haus keine Betonwände. Die Nägel ließen sich gut einschlagen. Nach dem zweiten oder dritten Bild zuckte sie zusammen.

„Hey, es ist zwei Uhr nachts. Hoffentlich hat mich keiner gehört."

Sie ging nochmal auf den Balkon und lauschte.

Alles ruhig. Nur ein großer runder Mond schaute über das Dach des Nachbarhauses.

„Dann versuche ich auch mal zu schlafen. Vielleicht gelingt es mir."

„Wie kann man nur so viel Worte um eine banale Sache wie einen Umzug verlieren?" dachte sie am nächsten Morgen.

„Aber irgendwie waren sie mir doch wichtig genug, aufgeschrieben zu werden."

Sie hoffte inständig, dass dieser 20ste Umzug ihr letzter war, bevor sie das Zeitliche segnen würde, und sie nahm sich fest vor, von jetzt an zu entrümpeln.

„So viele Sachen braucht kein Mensch, vor allem keiner wie ich im weit fortgeschrittenen Alter", sagte sie demonstrativ laut zu sich selbst.

„Ich werde einige leere Kartons aufheben und darin die Dinge verstauen, die ich an eine Hilfsorganisation geben werde. Es ist so ein schönes Gefühl, etwas Gutes zu tun.

Hätte ich doch nur schon mal früher damit angefangen. Aber wie hieß eine alte Werbung: „Es ist nie zu früh und selten zu spät für Hormocenta!"

„Haha, ich habe es gerade gegoogelt. Diese Creme gibt es tatsächlich noch immer, seit über 60 Jahren schon. Aber wie komme ich jetzt darauf?"

Immer noch in sich hineinlachend öffnete sie den nächsten Karton. „Oh, nein", entfuhr es ihr. Ein Säckchen voll mit Schlüsseln. Alle ohne Schildchen. Nur zwei oder drei konnte sie sofort „entschlüsseln", bei allen anderen fiel ihr nicht mehr ein, wohin sie gehören könnten.

„Wäre ich doch mal ordentlicher gewesen. Verdammt", stöhnte sie.

Sie ließ Karton Karton sein und ging erst einmal einkaufen, das würde sie auf andere Gedanken bringen.

Als sie nach Hause kam, fühlte sie sich besser und verteilte die restlichen Kartons voller Elan. „Ich will ja nur mal sehen, wie das Wohnzimmer ohne Umzugskartons ausschaut. Die Schränke nehme ich mir irgendwann später vor. Es hetzt mich ja niemand."

„Also, ich finde die Wohnung echt schön", meinte ihre Freundin Geli, als sie am nächsten Tag zum Kaffee kam. „Hier kannst Du Dich doch erst mal wohlfühlen und endlich auch ein bisschen entspannen, nach all dem Stress der letzten Monate.

„Ja, so gesehen hast Du recht, aber ich sehe das nur als eine Übergangsphase an für die Zeit bis zu meinem Kuraufenthalt."
Und dann sehen wir weiter".

„Du denkst doch nicht im Ernst schon wieder an einen weiteren Umzug."
Geli prustete ein paar Streusel ihres Streuselkuchens auf die Tischdecke.

„Nein. Ich musste nur gerade daran denken, dass wir doch erst mit 21 volljährig wurden. Meinst Du, ich brauche 21 Umzüge um endlich erwachsen zu werden?"

„Du meinst, zufrieden und glücklich zu werden, meine Liebe.

Jetzt geht es erst einmal um Deine Gesundheit. Würdest Du Dich bitte zunächst einmal darauf konzentrieren."

Geli hatte völlig recht, aber als sie gegangen war, musste sie unwillkürlich an **Umzug Nummer 19** denken. Er war von Anfang an als Übergangslösung gedacht, aber was hatte er sie an Nerven gekostet!!

Als sie vor fast einem Jahrzehnt an die Nordsee gezogen war, hätte sie Jeden ausgelacht, der gesagt hätte: „Auch da wirst Du nicht ewig bleiben!"
Sie war doch so glücklich dort gewesen, hatte so lange darauf hingearbeitet, aber ihre Gesundheit spielte nicht mit. Es war zu spät gewesen, sie hätte diesen Schritt viel früher machen sollen.

„Hätte, hätte, Fahrradkette. Mom, bitte, ich kann nicht länger zusehen, wie Du alles nur verschleppst. Moni sagt auch, dass der Arzt hier im Herzzentrum hervorragend ist. Ich habe Dir bereits einen Termin gemacht, also bitte komm' her, mir zuliebe."

Mit dem „mir zuliebe" hatte er sie rumgekriegt. Sie war inzwischen schon so verzweifelt, dass sie bereits ihre Seebestattung vorsorglich notariell hinterlegt und bezahlt hatte. Aber davon wollte ihr Sohn nichts wissen. Sie musste zugeben, dass die medizinische Versorgung entlang des dünn besiedelten Küstenstreifens nicht die Beste war. Also fuhr sie los, um den Termin einzuhalten.

Schon der erste Besuch haute sie förmlich um. Welch ein Arzt! Er hatte eine völlig andere Herangehensweise. Und vor allem, er nahm ihr die Angst.
Er klärte sie in verständlicher Weise auf, beantwortete alle Fragen, hielt auch nicht hinter den Berg, dass sie ernsthaft erkrankt sei, aber „drohte" nicht wie ihr Landarzt mit OP, sondern wollte erst alle medikamentösen Möglichkeiten ausschöpfen.
Das brauchte natürlich Zeit und ständige Überwachung ihres Gesundheitszustandes.

Durch Zufall fand sie eine entzückende Dachwohnung, direkt am Kurpark und im selben Haus, in dem der Kardiologe seine private Praxis hatte.
„Welch ein Glück", sagte sie zu Frau Kollmann, der Sprechstundenhilfe, die sie auf die Wohnung aufmerksam gemacht hatte.

So musste sie nicht im Hotel wohnen, was sie schon immer – noch nicht mal im Urlaub – gerne tat.
Eine fast neue, kleine, praktische Küche kaufte sie der Vormieterin ab. Außer der Küche konnte sie auch noch einen Schrank übernehmen.

Nebenbei erwähnte die Vormieterin noch, dass es auf dem Hof leider keinen freien Stellplatz für ein Auto gäbe. Doch das interessierte sie in diesem Moment wenig.

Zurück in ihrem Haus, viele hundert Kilometer weiter nördlich wieder angekommen, beauftragte sie sofort das ihr bekannte Umzugsunternehmen, die wenigen Dinge, die sie benötigte, in der nächsten Woche gen Süden zu fahren.

Sie hörte noch, wie der Unternehmer meinte: „Prima, da reicht der kleine LKW, da sind wir auch schneller da."

Weit gefehlt! Sie hatte nicht in den Kalender geschaut. Sommerferienende in allen nördlichen Landesteilen. Sie benötigte 8, die Umzugsleute 10 Stunden. Um Mitternacht stand endlich ihr Bett und es war alles ausgeladen.

Am nächsten Morgen fand sie das erste Knöllchen

an ihrer Windschutzscheibe. Sie schaute sich in den umliegenden Straßen um und erschrak. Nirgends, absolut nirgends durfte man frei parken. Überall standen die grauen Pfosten, wie eiserne Wächter, alle paar hundert Meter mit der unmissverständlichen Aufforderung, Kleingeld in den Schlitz zu werfen. Vier Euro für maximal zwei Stunden Parken.

Wie sollte das gehen? Sollte sie alle zwei Stunden, von morgens um 9 bis abends um 19 Uhr vier Euro berappen??
Unverschämt. Wenn sie sich nicht verrechnete, wären das um die 500 Euro im Monat!!!
Sie schrieb eine Mail an die zuständige Polizeibehörde mit dem Vorschlag, gerne eine gewisse Summe monatlich an die Stadt zu zahlen.
Zwei Tage später kam eine sehr freundliche Mail zurück, dass das leider nicht möglich wäre. Sie könnten da keine Ausnahme machen.

Einige Tage später kam es noch schlimmer. Statt der bis dahin 20 Euro Strafgebühren für jedes Parken ohne Parkschein, kostete es plötzlich 40 Euro. Ohne irgendjemanden zu behindern, hatte sie sich auf den breiten Gehweg gestellt, wie viele Autos vor und hinter ihr.
Sie war verzweifelt. Die Knöllchen kamen fast täglich. Und dann passierte es.

Es ging so schnell, und sie brauchte gefühlt eine halbe Stunde, bevor sie sich überhaupt zu bewegen wagte.

Sie war in der engen Badewanne beim Duschen ausgerutscht und unglücklich mit dem Kopf gegen die alte gusseiserne Rippenheizung gedonnert. Zum Glück hatte sie das dicke Badehandtuch darüber gehängt, um es griffbereit zum Abtrocknen zu haben.

Was sie aber erst nach dem ersten Schreck feststellte, war die Tatsache, dass sie mit dem kaputten Knie (vom Autounfall vor Jahren) auf die Badewannen-Umrandung geknallt war.

Das Knie tat höllisch weh und war unförmig angeschwollen. Sie wusste schlagartig: „Das dauert wieder lange, bis sich das einigermaßen erholt."

Ein paar Tage später erfuhr sie, dass ihre Herzbehandlung wesentlich länger dauern würde. Dafür musste sie sich aber nicht (wie ursprünglich vermutet), einer größeren Operation unterziehen.

Inzwischen hatte sie den schönen Kurort etwas näher kennen gelernt. Viele kleine Läden gab es noch, viele nette Leute und viel, viel Grün. So viele Bäume hatte sie noch nie in einem Ort entdeckt. Auch nicht so viele hübsch arrangierte Blumeninseln. Und die überaus gute Luft! Für sie als Asthmatikerin besonders wichtig.

Im Grunde also der ideale Ort zum Regenerieren.

Wäre da nicht das leidige und unlösbar erscheinende Problem der mangelnden Parkmöglichkeit gewesen.

Sie sprach mit der Vermieterin und kündigte (nach zwei Monaten). Im Internet hatte sie eine größere Wohnung mit Dusche und Balkon gefunden, inklusive Garage. Was wollte Frau mehr?

Sie vermietete ihr Haus im Norden, nachdem sie sich die restlichen Möbel von dort hatte bringen lassen.

Aber jetzt merkte sie, wie sehr sie die letzten Wochen nicht nur physisch, sondern auch psychisch mitgenommen hatten. Nicht nur die zunächst schlimme Arztdiagnose, der Wechsel zum neuen Arzt, die vielen Autokilometer, die Umzüge und all die Formalitäten, die damit zusammenhingen.

Und als wäre das alles nicht genug an Aufregungen, wurde auch noch ein neuer Autokauf nötig. Ihr alter Wagen hatte nach 20 Jahren und 250.000 Kilometern Fahrleistung das Zeitliche gesegnet.

Jetzt saß sie auf ihrem Balkon und genoss die gute Luft und die Ruhe. Obwohl sie sich in einem dichten Wohngebiet befand, war es abends ab 22 Uhr sehr, sehr ruhig. Fantastisch.

Es beschlich sie das Gefühl, wieder einmal alles richtig gemacht zu haben.

Die Behandlung schlug an. Sie schlief jetzt auch wieder viel besser und ihre Werte waren stabil.

Aber ein paar Tage später, der Herbst hatte schlagartig Einzug gehalten, beklagte sie sich bei Geli: „Im Bad ist es morgens eiskalt."

„Die Heizungen werden in Mietwohnungen normalerweise erst am ersten Oktober angestellt. Du bist zu verwöhnt."

Geli hatte – wie immer – recht. Sie klagte auf hohem Niveau.

Plötzlich wurde ihr bewusst, dass sie seit vielen Jahren immer in einem eigenen Haus gewohnt hatte, in dem sie die Heizung anstellen konnte, wann sie wollte.

Und da war sie plötzlich. Die Sehnsucht nach dem Haus im Norden. Der **18te Umzug** vor über acht Jahren sollte damals ihr letzter sein. So hatte sie es sich gewünscht. Aber es kam anders …

„Spätestens in drei Jahren sitzen Sie im Rollstuhl."
Diese schonungslose Aussage des Arztes, der ihren
Allgemeinzustand vor der großen Krebsoperation
feststellen sollte, machte sie sprachlos.
„Diese Unmengen Cortison in den letzten Jahrzehnten, kombiniert mit der vielen Acetylsalicylsäure hat
Ihre Knochen zerstört."
Sie war wie benommen.

Jetzt erst recht!! Sie rief den beauftragten Architekten
an und bat ihn, wenn irgend möglich, das Haus noch
schneller fertig zu stellen.
„Ich versuche es, kann aber nichts versprechen", war
seine Antwort.

Im Juni war die OP, im November bezog sie ihr
Traumhaus an der Nordsee. Sie hatte es entworfen,
und bis zur letzten Schublade in der Küche alles nach
ihren Bedürfnissen eingezeichnet.
Der Architekt hatte es so umgesetzt, wie es technisch
und statisch möglich war. Absolut behindertengerecht. Ohne Stufen, mit breiten Türen und genügend
Raum (auch für einen Rollstuhl).

Sie war glücklich. Sie schwänzte Nachsorgeuntersuchungen und gutgemeinte Ratschläge, es doch langsamer angehen zu lassen, schlug sie in den Wind.

Sie kaufte Gummistiefel und viele Gartengeräte. Die ersten Umgrabungen und groben Neugestaltungen des Grundstücks, das bis dahin ein reiner Acker gewesen war, überließ sie einer Fachfirma. Aber dann wollte sie unbedingt selbst gestalten.

DHL brachte Unmengen gut verpackter Setzlinge, die sie im Internet entdeckt hatte. Aber bei vielen Exoten musste sie rasch feststellen, dass sie mit dem lehmigen Boden und der ewigen steifen Brise, schlecht zurechtkamen.

Die Fahrt in das nächste Gartencenter war wesentlich vernünftiger. Hier wurde sie gut beraten, und so nahm ihr kleines Gartenparadies bald Gestalt an. Sie freute sich über jede Blüte, aber dann erklärte ihr der Nachbar:

Das Kük!!

Sie haben richtig gelesen: das Kük. Es handelt sich nicht um die plattdeutsche Form von Küken oder Küche, nein. Nur: das Kük.

Sie hatte es, das Kük, wobei sie lange nicht wusste, was es ist und woher es kommt. Dank ihres Nachbarn, war sie jetzt klüger. „Du hättest das gleich zu Anfang rabiat ausrupfen müssen, min Deern", meinte er schonungslos.

„Aber es hat doch sooo schön geblüht", war ihre traurige Antwort.

Es ist wirklich sehr schön, sehr filigran und leuchtend, aber nicht aufdringlich. Wird auch nicht höher als 10 cm, dafür ist es aber seeehr breit verwurzelt mit unzähligen meterlangen Ausläufern. Von Mai bis August hat es zarte gelbe Blüten.

Mehrere renommierte Nachschlagwerke hatten nichts zustande gebracht. Auch nicht das Internet. Sie lebte jetzt schon fast zwei Jahre mit ihm. Aber erst nachdem es sich immer weiter in ihre Staudenwelt vorgearbeitet hatte, wollte sie endlich wissen, um was es sich handelte. Die Nachfrage beim Nachbarn kam einfach zu spät.

Es war schon erstaunlich, womit man als Neubürgerin in der anheimelnden Dorfwelt zu kämpfen hatte. Damit meinte sie nicht die kleinen Unzulänglichkeiten am Neubau, die man erst bemerkt, wenn man eingezogen ist, und die man innerhalb der Gewährleistung anstandslos ersetzt bekommt.
Sie hatte die Handwerker Norddeutschlands als wesentlich entspannter und einfühlsamer kennen gelernt, als irgendeinen in der Großstadt.

Sie beherrschte ihn inzwischen auch ganz gut, den sogenannten Dithmarschen Blues: immer mit der Ruhe. In der Ruhe liegt die Kraft, und manche Dinge erledigen sich auch von alleine, wenn man lange genug wartet.

Nicht so das Kük. Es ähnelt sehr dem Rainfarn, ist aber niedriger und seine kleinen, gelben Blüten sehen wiederum mehr dem Hahnenfuß als dem Rainfarn ähnlich.
„Ist es am Ende endemisch? Komme ich ins Guinness Buch der Rekorde als einzige Besitzerin des sagenumwobenen Kük"? fragte sie sich.

Leider nein. Es handelte sich hier ganz lapidar um das Gänsefingerkraut. Weit verbreitet auf gut gedüngten Böden Norddeutschlands und ganz Nordeuropas.
Die alten Germanen verwendeten es schon bei Krämpfen aller Art oder gegen Entzündungen. Am Johannistag vor Sonnenaufgang ausgegraben, soll man mit seiner Wurzel, als Amulett getragen, in der Lage sein, die Liebe der Menschen zu erringen.
Für sie war es eher ein einsames Geschäft, das unheimlich schnell wachsende Kraut auszurupfen, und damit ihre grüne Tonne zu füllen, bevor es den Nelken und Rosen, dem Storchschnabel und den Azaleen den Garaus machte.

„Was sind die Friesen nur für ein Völkchen? Täglich

muss ich neue Worte lernen, die ich in keiner Weise irgendwoher ableiten kann.

Wie kommt man nur darauf Gänsefingerkraut Kük zu nennen oder Ginster Bram oder Teich Wehl. Oder wollen die mich mit ihrem Kük nur vergackeiern"? ging es ihr ein ums andere Mal durch den Kopf.

Auf jeden Fall schmeckte dem kleinen Feldhasen, der sie fast täglich besuchte, das Kük. „Ob er glaubt dadurch fruchtbarer zu werden? Bei Stieren soll es das angeblich bewirken."

Sie lächelte: „Verirre Dich nur nicht nach Dithmarschen", riet sie Geli am Telefon. „Es ist tatsächlich das letzte Abenteuer Europas. Ich – liebe es!"

Doch kaum hatte sie die Rücken schmerzende Tortur der Kükbeseitigung hinter sich gebracht, machte sie eine weitere ungeahnte Erfahrung …

Von Anfang an hatte sie sich sehnlichst einen hübschen Strandkorb für die Terrasse gewünscht. Nicht irgendeinen, es sollte schon etwas Besonderes sein.

Und wie es der Zufall will, entdeckte sie in der wöchentlichen Werbebeilage der Zeitung ein genau ihren Vorstellungen entsprechendes Exemplar.
Als er geliefert wurde, fand sie ihn noch viel schöner als in dem Prospekt, ein echtes Schmuckstück.
Fortan nutzte sie jede freie Minute ihr „Strandkorbfeeling". Inzwischen hatte sie ihn noch mit ein paar Kissen ausgestattet, doch das fand augenscheinlich nicht nur sie besonders kuschelig.

„Hey, hey, hey, ich habe nicht mit 65 Jahren noch mal neu gebaut, um als Pension zu dienen. Wer mich für länger besuchen möchte, bitte ich, sich nebenan in die offiziellen Ferienwohnungen einzumieten. Aber DU machst gerade, was du willst."

Ärgerlich hatte sie das Fellknäuel gepackt und auf die Erde gesetzt. Das schaute sie jetzt aus gelben Augen mit schwarzem Strich feindlich an, sodass sie – schon leicht versöhnlicher – fortfuhr:
„Ehrlich gesagt, muss ich eingestehen: Du bist mir ähnlich. Irgendwie imponierst du mir. Leider sehe ich nicht so gut aus wie du, bin auch nicht so elegant auf den Füßen, aber das gibt dir immer noch nicht das

Recht, viel länger zu schlafen als ich. Das ist echt frustrierend!"

Sie hatte nach dem Aufstehen schon ihr Fitnessprogramm absolviert (eine halbe Stunde gegen die Gegenstromanlage schwimmen), anschließend sich von den Düsen sanft massieren lassen, abrubbeln, eincremen, Zähne geputzt, gekämmt und Zeitung lesend, genüsslich die erste große Tasse Milchkaffee getrunken.
Dann hatte sie die Küche aufgeräumt und ein paar Telefonate erledigt, bevor sie es sich mit einem kleinen Tablett, auf dem die zweite Tasse Milchkaffee und ein getoastetes Vollkornbrot mit Frischkäse und Bio-Räucherlachs platziert war, im Strandkorb gemütlich machen wollte.

„Mit der Grandezza einer Operndiva kriechst du genüsslich unter der Abdeckhaube meines Strandkorbes hervor. Machst dich lang und länger, leckst dir die Pfoten, hältst inne, weil du mich entdeckt hast und schaust mich lange an."

„Was denkst du?", wollte sie jetzt wissen. „Hast du was Schönes geträumt? Ich weiß, du liebst die Kissen mit den Schafen, die dir als kuscheliges Bett im Strandkorb dienen. Leider bist du nicht verschmust, lässt dich nicht anfassen, sondern düst ab, wenn ich auf dich zu komme in Richtung Acker, und da sehe ich dich dann sitzen, wie du konzentriert wartest, ob sich eine Frühstücksmaus blicken lässt."

„Ich wundere mich, dass du abends immer den offiziellen Weg am Haus vorbei nimmst, obwohl du doch merkst, dass du damit die Bewegungsmelder auslöst. Willst du, dass ich merke, dass du kommst?"

„Keine Ahnung. Ich finde es jedenfalls wunderbar, eine Katze zu haben, ohne mich darum kümmern zu müssen."

Diesen Monolog hielt sie fast täglich, und immer schaute ihr die schöne Katze, deren Namen sie nicht kannte, aufmerksam zu.

Geli konnte sich nur zu gut an all diese unvorhersehbaren Anekdoten im hohen Norden erinnern. Jetzt saßen sie mal wieder bei Kaffee und Kuchen und Geli steuerte noch einen Beitrag bei.

„Erinnerst Du Dich noch an den herrlichen Brief, den Du mir mal geschrieben hast?"
„Meinst Du den mit „See wie selig?"
„Ja, genau. Ich muss immer noch darüber schmunzeln, wenn ich ihn mal wieder in die Finger bekomme."
„Oh, wie lieb, dass Du das sagst. Warte, ich hab' den noch auf meinem Laptop."

Wenig später saß sie mit aufgeklapptem Laptop auf dem Sessel und las laut vor:

„Hallo Liebe. Ich muss Dir unbedingt mitteilen, worüber ich heute gestolpert bin. Was bin ich doch für ein Dussel. Ich könnte mich kringeln vor Lachen. Da muss ich erst uralt werden, um endlich zu begreifen, warum ich hier oben im Norden so glücklich bin.

Im Wort seelig, ist doch der Wortstamm See verankert. Oder nicht?
Warum muss ich erst um die halbe Welt reisen, damit mir das auffällt?? Nun war ehrlich gesagt Grammatik nie meine starke Seite, und ich habe auch wirklich

keine Ahnung, ob See der Wortstamm von seelig ist (wahrscheinlich eher nicht), aber egal, mich macht er glücklich.

Jahrzehnte habe ich gesagt: Leute, ich fahre an die See, wenn es mir mal wieder dreckig ging. Das konnte damals Nord-, Ost- oder sonst wie – See bedeuten, auch Atlantik, Pazifik, Karibik oder einfach Bodensee. Wichtig nur: Wasser.

Ich denke ja immer noch, dass ich ursprünglich als Fisch gedacht war, aber die Spermien für meine Zeugung in einem Menschen landeten. Von meinen Eltern weiß ich hundertprozentig: ich war ungewollt.

Wenn man das immer wieder hört, glaubt man irgendwann an eine andere Bestimmung. Und da ich mich nirgendwo wohler als im Wasser fühle, liegt doch nichts näher, als dass ich ein Fisch werden sollte – oder zumindest wollte.

Obwohl ich bei Tag und an Land besehen schon recht froh bin, ein Mensch zu sein, denn unabhängig davon, dass die Unterwasserwelt traumhaft schön ist, hat sie ja doch ihre Grenzen. Ihre Perspektive ist eine andere als zum Beispiel von einem Berg auf die Landschaft zu blicken, oder sich beim Radfahren den Wind um die Nase wehen zu lassen und dabei den süßen Duft des

Rapsfeldes einzuatmen.

Außerdem weiß man ja, wie gefährlich die ersten Lebenswochen eines Fisches sind. Seeehr gefährlich. Es gibt unendlich viele Fressfeinde.

Aber nun, wäre ich ein Fisch geworden, hätte ich es ja nicht anders gekannt, und so wie ich aussehe, wäre ich ja auch ein recht großer Fisch geworden. Also hätten die Kleineren mehr Angst vor mir haben müssen.

Aber nochmal zurück zu See und seelig. Fakt ist: die See macht mich glücklich, egal ob sie in Gänze da ist, oder sich mal wieder dezent zurück gezogen hat und der Wattboden warm und weich unter meinen Füßen wabert. Ich achte darauf, mich nicht an umgedrehten Muscheln zu schneiden oder auf die kunstvollen Ausscheidungen des Wattwurms zu treten. See macht seelig, zumindest mich.

Aber soeben schaue ich auf mein Geschriebenes und sehe, dass ich seelig immerzu mit zwei „e" geschrieben habe, dabei schreibt es sich doch nur mit einem. Was ist nur in mich gefahren? Jetzt bin ich völlig verwirrt. Seele schreibt man doch auch mit zwei „e", warum dann selig nur mit einem??

Egal, dann nenne ich meine kleine Abhandlung nicht See wie seelig, sondern See wie Seele, ist doch eigentlich auch noch viel schöner und passender.

Meine Seele ist so unendlich wie die Weite der See, und gerne schlage ich auch immer mal wieder Wellen. Aber das kennst Du, liebe Geli, ja nur zu gut von mir. Ich freue mich, wenn Du mit mir über mich lachen kannst.

Herzlichst Deine, N."

Obwohl sie den Brief schon zig Mal gelesen hatte und in- und auswendig kannte, hörte ihr Geli bis zum Ende zu. Dann sagte sie sehr lieb: „Eins musst Du mir versprechen: Höre bitte niemals auf zu schreiben. Du kannst damit so viele Menschen glücklich machen."
„Du übertreibst, meine Liebe. Obwohl mir häufig von Leserinnen bestätigt wird, dass sie mich gerne lesen, weil ich so authentisch sei, bin ich trotzdem keine begnadete Schreiberin."
„Das Thema hatten wir schon zu oft, als dass ich mich mit Dir darüber streiten möchte."

Geli war aufgestanden und in Richtung Diele unterwegs. „Ich muss los, meine Liebe, sonst komme ich zu spät zum Abendessen. Manfred kocht heute. Da will ich ihn nicht warten lassen."
„Alles klar, Liebe. Ich freue mich auf Sonntag."

Und mit ein paar Wangenküsschen rechts und links, rauschte Geli die Treppe hinab.

„Wenn ich doch noch einmal so die Treppe hinunterlaufen könnte", dachte sie versonnen. Seit ihrem Unfall vor fast 20 Jahren, wobei beide Knie gequetscht wurden, hatte sie beim Laufen Schmerzen. Mehrere Operationen hatten nichts bewirkt.

„Auf Geli ist Verlass", dachte sie, während sie den Kaffeetisch abräumte. Durch ihre vielen Umzüge, waren manchmal Pausen in ihrer Freundschaft entstanden, aber wann immer sie sich dann wiedersahen oder -sprachen, war es so, als hätten sie sich erst gestern das letzte Mal gesehen oder gehört. Dabei war ihr Kennenlernen keineswegs besonders glücklich.

Es war bei der Theaterpremiere zu Samuel Becketts „Warten auf Godot" im Schauspiel Frankfurt. Sie saß bereits, als ganz kurz vor Beginn Geli hereinkam und auf ihren Platz zusteuerte. Ziemlich barsch sagte sie: "Entschuldigung, Sie sitzen auf meinem Platz!"

„Das kann nicht sein, war ihre Antwort", und kramte ihre Eintrittskarte aus ihrer Handtasche.

„Sehen Sie: Reihe 3, Platz 14."

„Nein, es ist Reihe 13, Platz 14. Sie haben die Karte geknickt. Die 1 ist vor dem Knick. Wie plump ist das denn?"

Geli war ziemlich laut geworden, und einige andere Theaterbesucher zischten bereits: „Ruhe!!", denn es war der letzte Gong vor Beginn der Vorstellung ertönt.

„Der erste Platz in der Reihe ist noch frei. Ich setze mich dort hin, dann können Sie meinen Sitz einnehmen", meinte jetzt sehr freundlich ein junger Mann, der auf Platz 13 saß.

„Danke", sagte Geli zu ihm mit einem umwerfenden Lächeln.

So hatten sie sich kennengelernt. Nie würde sie vergessen, wie beschämt sie der ganzen Aufführung gefolgt war.

Geli hatte sich in der Pause noch einmal bei dem jungen Mann bedankt, und der war ihrem Charme erlegen. Von Stund' an war die 13 ihre Glückszahl.

Einige Monate später hatten sie geheiratet.

„Ich verdanke Deiner Dusseligkeit meinen liebens-werten Göttergatten", hatte Geli sie wie oft gehänselt.

Sie kannte absolut keine vergleichbare Person wie Geli.

Diese konnte in einem Moment so selbstbewusst und streng ihre Position verteidigen und im nächsten von einer verführerischen Liebenswürdigkeit sein.

„Alles antrainiert, meine Liebe", hatte sie ihr gleich zu Anfang ihrer Freundschaft erklärt, „ich bin nur von hochrangigen Männern beruflich umgeben, da muss man lernen, sich zu behaupten."

Wann immer sie sich nach dem Sinn des Lebens frag-te – und das geschah nach den letzten Erlebnissen sehr oft – musste sie an das Theaterstück denken und wie prägend ihre Ungeschicklichkeit das Leben zweier – oder besser gesagt dreier Menschen – beeinflusst hatte.

Außerdem musste sie daran denken, wie wichtig es Geli war, ihr zu erklären, dass sie eigentlich Angelika hieß, aber diesen Namen hasse. Sie möge nur Geli.

„Dann geht es Dir wie mir. Ich heiße eigentlich Christiane, wie meine Oma, aber mein kleiner Bruder hat mich immer nur Nane genannt, und das finde ich auch viel schöner."

Trotz des ungewohnt vielen Kaffees, den sie am Nachmittag mit Geli getrunken hatte, überkam sie eine lähmende Müdigkeit. Was war das? Kaffee sollte doch munter machen. Aber sie hatte dieses gegenteilige Phänomen schon einige Male an sich erlebt.

Sie gab dem Drang nach und legte sich hin.

Sofort schlief sie ein und hatte einen sehr intensiven Traum.

Sie saß auf der Bank, oben auf dem Deich. Unter ihr grasten friedlich die Schafe. Diesen Ort nannte sie früher „Zufluchtsort", weil sie ihn immer angesteuert hatte, wenn sie für ein paar Tage aus der Hektik der Großstadt an die Nordsee „geflüchtet" war.

Leise klatschten die Wellen gegen die Steine am Strand, ein paar Möwen kreisten über dem Wasser. Alles war so friedlich.

Ihr Auto parkte auf der Wiese unterhalb des Deichs, auf der eine steinerne Tischtennisplatte ohne Netz stand. Manchmal hatten dort Kinder gespielt. Jetzt war niemand da.

Die Sonne war längst unter gegangen, und sie zog das große wollene Tuch fester um ihre Schultern.

Ihre Freundin Karin hatte nicht zu viel versprochen. Heute Nacht sollte der Mond besonders hell und nah sein. Je dunkler der Himmel wurde, desto besser kam er zur Geltung.

Sie konnte jetzt die Schafe sehr gut unterscheiden.
Die, mit den schwarzen Köpfen, mochte sie besonders.
Sie erinnerte sich an die unterschiedlichen Charaktere der ganz jungen Lämmer im Frühling. Die einen frech und ständig an der Mutter saugend, die anderen träge und verschlafen. Aber irgendwann stupsten die Frechen die Trägen so lange an, bis diese mit ihnen herumtollten.

Plötzlich ertönte der laute Schrei einer Waldohreule, direkt aus dem dichten Gebüsch hinter ihrem Wagen. Auch die Blutbuche neben ihrem Schlafzimmer diente im Sommer als Kinderstube für eine Waldohreule und ließ sie schlecht einschlafen.

Völlig in Gedanken versunken, hatte sie gar nicht bemerkt, wie ein Mann auf ihre Bank zusteuerte. Viel zu spät zuckte sie zusammen. Das hatte er bemerkt und lächelte freundlich. Was wollte er? Was tat er hier so spät am Abend?
Angst stieg in ihr empor. Ihr fiel der Spruch ihrer Mutter ein: „Wenn ein Käuzchen ruft, stirbt ein Mensch."
Galt dieses Sprichwort jetzt ihr?

Sie verkrampfte sich, wagte nicht den Fremden anzuschauen.
„Entschuldigen Sie vielmals. Ich wollte Sie wirklich nicht erschrecken. Aber ich habe mich so gefreut, hier

einen Menschen sitzen zu sehen, um diese Uhrzeit, da musste ich einfach näher kommen. Ich konnte nicht schlafen. Der Mond scheint heute so hell, da musste ich einfach raus."

Langsam entkrampfte sie sich und schaute in ein sehr gepflegtes, altes Gesicht mit tausend Lachfalten.
Die angenehme Stimme fuhr fort: „Ich bin oft nachts draußen am Wasser. Da kommen mir die besten Ideen. Seit meiner Pensionierung schreibe ich. Meist Kurzgeschichten.
Und was führt Sie hierher?"
„Das ist meine Lieblingsbank. Hier ist es immer so schön ruhig."

Er streckte seine Hand nach ihr aus, wie zu einer offiziellen Begrüßung. Aber in dem Moment – wachte sie auf.
Was wollte ihr dieser Traum sagen? Wie könnte sie ihn interpretieren.
Schlummerten verborgene Sehnsüchte in ihr?

Auf einen Schlag war sie hellwach und ging ins Büro.
Sie googelte: was bedeuten Schafe in der Traumdeutung?

„Schafe haben in der Traumdeutung eine positive Bedeutung", las sie. „Schafe stehen für Friedfertigkeit,

Fleiß und Bescheidenheit, aber auch für Erfolg und Wohlstand."

Das beruhigte sie erst einmal sehr.

Jetzt wollte sie noch wissen, was Meer bedeuten könnte. Und darüber stand: „Das Meer wird seit jeher symbolisch gedeutet. Es gilt als der Ursprung allen Lebens. Im ewigen Auf und Ab der Wellen steht es archetypisch für das Leben selbst, mit all seinen Höhen und Tiefen."

Das reichte ihr. Mehr wollte sie gar nicht wissen.

Plötzlich ergriff sie eine lange nicht mehr empfundene positive Power. Sie nahm sich den nächsten Umzugskarton vor. Und dann noch einen und noch einen.

Mit einem großen Becher duftender, heißer Schokolade, die sie noch mit einem Tupfen Sahne aus der Sprühdose krönte, schaute sie sich Bilder an, die sie im letzten Karton gefunden hatte. Es war eine wunderbare Galerie vieler Fotos ihres kleinen Reihenhausgartens, in allen Stadien des Jahres.

Sofort musste sie an **Umzug Nummer 17** denken.

Mit wieviel Schwung hatte sie den bewältigt, obwohl sie kurz davor diesen schlimmen Autounfall gehabt hatte …

Es war an einem Freitag im Februar gewesen. Die Sonne schien und der Schnee vom Morgen war völlig weggetaut. Die Straße war vollkommen trocken. Das Meeting bei der wichtigen Kundin war besser als gut gelaufen, und sie war voller Vorfreude auf ein langes Wochenende mit diesem interessanten Mann, den sie vor Kurzem kennen gelernt hatte.

Dieses Kribbeln im Bauch war so stark, dass sie gar nicht merkte wie schnell sie fuhr und dass sich vor ihr ein Stau gebildet hatte.

Der LKW stand plötzlich wie eine Wand vor ihr. Kein Bremsen, kein verzweifeltes Reißen an der Handbremse half mehr, sie rutschte in oder besser gesagt unter den LKW und musste von der Feuerwehr befreit werden. Die Türen konnte sie nicht mehr öffnen. Ihre Knie waren gequetscht, sonst hatte sie nur leichte Prellungen.

Schon damals gab es ihre Frauengruppe. Ihre Firma lief gut und war des Öfteren in der Presse erwähnt. Daraufhin war sie von der damaligen Frau des Bürgermeisters angesprochen worden.

„Wir sind zehn Frauen, alle selbständig in unterschiedlichen Branchen. Sie würden uns bereichern, Frau Körner", hatte diese damals zu ihr gesagt.

Sie hatten sich zur Aufgabe gemacht, das Image ihrer Arbeiterstadt aufzupeppen, zum Beispiel durch Ausstellungen an ungewohnten Orten, für Menschen, die sonst nie in Museen gingen. Oder mit Lesungen in Parks oder privaten Gärten.

Sie war begeistert und brachte sich gerne ein.

Natürlich musste sie beim nächsten Treffen haarklein von ihrem Missgeschick berichten und den vergeblichen Operationen, ihren Knieschmerzen ein Ende zu bereiten.

Nun war man zu der Erkenntnis gelangt, dass Schwimmen im warmen Wasser besonders gut wäre. Und sie erzählte, dass sie extra zweimal die Woche nach Wiesbaden fahren würde, weil sie dort eine Physiotherapeutin kannte, die über ein kleines Schwimmbad verfügte.

„Moment", fiel ihr da Eva ins Wort. „Meine Eltern sind doch vor einiger Zeit verstorben und meine Schwestern und ich wollen ihr Haus verkaufen. Da gibt es doch ein kleines Schwimmbad. Mein Vater hat es für meine Mutter gebaut, die auch mal einen Unfall hatte und der schwimmen auch so gut getan hat. Schau es Dir doch mal an."

Ein paar Tage später stand sie in dem kleinen, dunklen Reihenhaus. Sie war überwältigt von den wunderschönen Antiquitäten, die es barg, dem fantastischen Marmor- und den Parkettböden, dem behaglichen Kamin mit wunderschöner gusseiserner Platte und dem kleinen Schwimmbad im Keller.
Nur die kleinteilige Wohnraumaufteilung gefiel ihr nicht und die dunklen Wände und Decken sowie schweren Gardinen.

Schnell wurden sie sich preislich einig und mit einem ihr gut bekannten Schreiner, maß sie in den folgenden Tagen alle Zimmer aus und besprach mit ihm die Einzelheiten. Er hatte auch alle anderen Gewerke an der Hand, die für den geplanten Umbau nötig waren.

Innerhalb kürzester Zeit hatte sie viel Geld verbaut, war aber absolut zufrieden. Viele Wände waren entfernt und in ihrer Bestimmung umgewandelt, alle Räume weiß gestrichen worden.
Jetzt herrschte ein großzügiges, luftiges Raumgefühl.
Sie nannte das Haus ihre „Burg", denn es war mit

seinem alten Eisentor, dem kleinen Innenhof, den schmiedeeisernen Gittern vor allen Fenstern und dem dazugehörigen, uneinsehbarem Gärtchen, wirklich „uneinnehmbar".

Wen sie nicht hereinlassen wollte, kam nicht an sie heran.

Den interessanten Mann, der quasi für den Unfall verantwortlich war, hätte sie gerne hereingelassen, aber der kam nicht. Er hatte sich mit seinen zwei Geschäftspartnern irgendwo in der Karibik abgesetzt, weil er polizeilich gesucht wurde.

Es dauerte lange, bis sie ein vollständiges Bild von ihrem „Geliebten" hatte. Sie hatte ihn auf einer Eigentümerversammlung kennen gelernt.

Ihre Hausbank hatte ihr empfohlen, in eine Wohnung zu investieren, da der Markt boomte.

Was sie nicht wissen konnte, ihr Lover und seine Partner, alle drei ehemalige Banker, kauften en gros alte Häuser, kündigten den Mietern wegen Umbaus und verkauften die Wohnungen zu horrenden Preisen.

Die Renovierungen geschahen aber nur oberflächlich. Nach kurzer Zeit stellten die neuen Eigentümer fest, dass sie Schrottimmobilien gekauft hatten und viel Geld nachschießen mussten.

Mal war die Tiefgarage marode, mal die Aufzugsanlage. Ganz schlimm war in dem Haus, in dem auch sie eine Wohnung gekauft hatte, dass ein Stück der Hausverkleidung – angeblich sollte es Marmor sein, aber es war ein billiges Material – abbrach und eine Frau, die gerade auf dem Bürgersteig darunter stand, davon erschlagen wurde.

Nach den Dreien wurde also jetzt wegen vermeintlichen Totschlags gefahndet.

Sie verstand die Welt nicht mehr. Konnte ein Mensch zwei so verschiedene Gesichter haben? Hatte sie sich so getäuscht? Immer wieder las sie die Zeilen, die sie ihm geschrieben und die, die er darauf geantwortet hatte.

Sie:
Zum ersten Mal fragte ich nicht „warum"?
Zum ersten Mal fragte ich nicht „wie lang"?
Zum ersten Mal fühlte ich mich „ganz Frau",
Du bist der Erste, dem ich ohne Versprechen vertrau'.

Du siehst so jung aus, wenn Du entspannt einschläfst,
Geliebter. Bei Tag wirkst Du ganz seriös, ganz Chef,
aber bei Nacht wirst Du ein junges, wildes, liebes Tier,
einmalig, unverwechselbar.

Ist alles Kismet (Schicksal)? Ich habe das Buch „Chinesische Astrologie" wiedergefunden.
Danach bist Du Wildschwein und ich Tiger.

Und da steht: Was sie miteinander verbindet,
ist zuerst einmal ihre Sinnlichkeit.
Ferner wird der Tiger feststellen, dass seine
Ideale beim Wildschwein auf ein positives, ja
begeistertes Echo stoßen, was ihn anspornt.
Da beide Einzelgänger sind, wird ihr gemeinsamer
Weg eine herrliche Reise voll gegenseitiger
Wertschätzung sein. Und das Wildschwein wird
dem Tiger mit Freuden in den Kleinigkeiten des
praktischen Lebens helfen.
Und: Udo heißt übrigens „Heimat".
Habe ich meine Heimat gefunden??

Ich habe Sehnsucht nach Deinen Lippen.
Ich habe Sehnsucht nach Deinen Händen.
Ich habe Sehnsucht nach Deinem Haar.
Ich habe Sehnsucht nach Deiner Haut.
Ich möchte Dich einfach nur spüren.
Ich will Dich nicht mit meiner Liebe erdrücken,
aber der Lava-Strom ist sehr heiß, und wenn Du
mich anfasst, verbrennst Du Dich.

Heute ist ein neuer Tag. Er ist schon nicht mehr jung.
Ohne Schlaf schleicht er wie zäher Grießbrei um die Ecke.

Er:
Wünsch Dir was,
wünsch Dir mich.
Begehre mich jeden Tag,
Du weißt genau, wie ich es mag.

Lass Dich fallen, egal wie lange
In meine Liebe, hab' keine Bange.
Ich bin stark, ich fang Dich auf.

Es gibt Momente, da wünschte ich, ich wäre ein
Boot für Dich. Ein Boot, das Dich fortträgt, wo immer
Du Dich hin sehnst. Ein Boot, das groß genug ist, für
all Deinen Ballast, den Du mit Dir herumträgst.
Ein Boot, das niemals kentert, egal, wie unruhig Du
bist, egal, wie stürmisch die Lebenssee ist, auf der
wir treiben.

Sie:
Diese Liebe ist so allgegenwärtig, dass kaum noch Platz
für andere Gedanken ist. Sie macht sich dick und breit.
Sie sieht mir ähnlich. Den ganzen Tag fühle ich Dich so
nah, dass ich denke, ich müsste nur die Hand ausstre-
cken und könnte Dich berühren.
Ich möchte hinter Dein Geheimnis kommen, wie es Dir
gelingt, dass Du in jedem Moment weißt, was mir
gerade am besten tut.

Ich habe mir zwei Hüte gekauft, wagenradgroß,
in mir ist der Teufel los.
Ich brenne. Es tut gut.
Du hast mir so viel Mut und Lebensfreude eingehaucht.

Damals war sie froh, dass sie ihre Frauengruppe hatte. Sie hatte ihnen nicht alles erzählt, aber genug, dass sie Trost fand.

Dann stürzte sie sich auf den kleinen Garten. Sie krempelte ihn komplett um. Seine Neugestaltung hatte sie in allen Phasen in Bildern festgehalten.
Die schaute sie sich jetzt noch einmal mit einer gewissen Wehmut an, denn die Narbe, die Udo hinterlassen hatte, war nie ganz verheilt.

Nein, auf Männer hatte sie damals ganz und gar keine Lust mehr.
Sie stürzte sich stattdessen noch besessener in die Arbeit, was ihrer Gesundheit absolut nicht gut bekam. Denn einige Zeit später bekam sie eine Lungenentzündung, die ihr Asthma auf Dauer so verschlimmerte, dass sie es noch nicht einmal mehr schaffte, von der Garage bis zum Haus zu laufen, ohne Kortisonspray zu nehmen.
Als später noch der Krebs dazu kam, war es Zeit, sich von dieser Idylle zu trennen und im Norden neu an-

zufangen. Das war – wie schon erwähnt – **Umzug Nummer 18.**

Sie musste jetzt wieder an Geli denken, die sie eines Tages mit nach Steinfurth genommen hatte. Dort waren sie stundenlang durch die Rosenbeete geschlendert. Die Auswahl fiel ihnen so schwer.
Aber dann hatten sie sich beide ad hoc in die stark duftende Bourbonrose „Souvenir de la Malmaison" verliebt.
„Ja, die ist etwas ganz Besonderes", hatte die Verkäuferin gesagt. „Ihr Name stammt von dem berühmten Rosengarten der Kaiserin Josephine."
Und die Fotos erinnerten sie jetzt an die wunderbaren blühenden Rosenstöcke, gepflanzt als Rondell. In der Mitte die Statue und darum herum die Rosen, dazwischen die Purpurglöckchen, der Storchenschnabel und der duftende Salbei, Oregano und Thymian.
„Wo ist nur die schöne Statue geblieben?" Sie war nur aus Gips, nichts Wertvolles. Gab dem Rosenrondell eine leicht kitschige, italienische Note, die sie sehr mochte.
Sie zermarterte sich den Kopf, konnte sich aber beim besten Willen nicht erinnern, wo sie abgeblieben war.

Ihre Power war schlagartig erloschen, und sie beschloss nun endgültig ins Bett zu gehen. Es war inzwischen wieder weit nach Mitternacht.

Völlig verschwitzt wachte sie auf. Die Haare klebten ihr am Kopf, Kissen und Bettdecke waren feucht.
Sie zog ihren Bademantel an, der am Fußende des Bettes lag und setzte sich an den Schreibtisch.
Mittels ihrer erlernten Atemtechnik – tief einatmen, Luft anhalten und sehr langsam aus halb geöffnetem Mund ausatmen – gelang es ihr nach einiger Zeit, ihren Puls halbwegs zu drosseln.

„Es war nur ein Traum", sprach sie immer wieder leise vor sich hin.
Sie ging in die Küche, aß ein Stück Käse und trank etwas Milch. Es war 4 Uhr früh. In den Häusern um sie herum nirgendwo ein Licht. Sie versuchte zu lesen, merkte aber, dass sie den Inhalt gar nicht wahrnahm.
Gegen sechs Uhr früh schlief sie fest ein.

Das ging jetzt schon eine Weile so. Immer mal wieder derselbe Traum. Sie fühlte sich miserabel, sobald sie daran dachte …

Nur mit ihrer Unterhose bekleidet, lag sie in der engen Röhre. Man hatte ihr Kontrastmittel gespritzt, das in ihren Adern brannte. Sie folgte den Anweisungen der Ärztin und hoffte, dass die Tortur bald vorüber sei. Sie war sooo müde.

Eigentlich war sie nur noch müde. Tagsüber konnte sie im Sitzen schlafen, aber das ging natürlich nicht.

Zwei Tage später kam der Bericht von der MRT-Untersuchung. Wahrscheinlich Fernmetastasen in Leber und Lunge vom ehemaligen Krebs, aber ganz genau könnte man das erst nach einer Biopsie sagen.

Diese Ungewissheit machte sie wahnsinnig. Sie schwankte zwischen: jetzt ist doch sowieso alles egal und hey, den blöden Metastasen werd ich's zeigen. Ich bin eine Kämpfernatur. Aber Letztere flammte nur noch sehr selten auf. In der Regel weinte sie, wenn es niemand sah und wollte am liebsten nicht mehr leben.

Da las sie anderen Tags einen wunderbaren Bericht im Internet:

Neulich fragte mich ein junges Mädchen: „Wie fühlt es sich an, alt zu sein"?

Die Frage hat mich sehr überrascht, denn ich habe mich nie für alt gehalten. Als das Mädchen meine Reaktion sah, hat es ihr sofort leid getan, aber ich erklärte ihr, dass es eine interessante Frage ist.

Und dann habe ich nachgedacht und begriff: Alter ist ein Geschenk.

Manchmal überrascht mich die Person, die ich in meinem Spiegel sehe, aber ich habe mir seit langem keine Sorgen mehr um sie gemacht.

Ich würde nichts ändern, was ich vielleicht für ein paar Falten weniger und einen flachen Bauch bekommen könnte.

Ich werde mir nichts mehr vorwerfen lassen, nur weil ich Dinge nicht mag oder einige Sachen nicht esse.

Endlich fühle ich mich im Recht, chaotisch, extravagant zu sein und meine Stunden damit zu verbringen, Blumen zu betrachten.

Ich habe erlebt, wie ein paar liebe Freunde diese Welt verlassen haben, bevor ich die Freiheit genossen habe, die mit dem Alter kommt.

Wen kümmert es, ob ich mich entscheide, bis 4 Uhr morgens in einem Buch zu lesen.

Wen interessiert es, wenn ich alleine tanze und Musik höre?

Was ist, wenn ich später um eine verlorene Liebe weinen möchte?

Und wenn ich am Strand im Badeanzug laufe und durch die Wellen springe und mich von ihnen treiben lasse, trotz der Blicke derer, die noch Bikini tragen. Sie werden auch, wenn sie Glück haben, mal alt sein dürfen.

Es stimmt, dass mein Herz über die Jahre unter dem Verlust einiger geliebten Menschen gelitten hat, aber es ist das Leiden, das uns Kraft verleiht und uns wachsen lässt.

Ein Herz, das nicht mal gebrochen war, ist steril und wird nie von dem Glück erfahren, unvollkommen zu sein.

Ich bin stolz darauf, genug gelebt zu haben und das Lächeln meiner Jugend zu bewahren, als es noch keine tiefen Rillen in meinem Gesicht gab.

Um die Frage ehrlich zu beantworten, kann ich sagen: Ich liebe es, alt zu sein, denn das Alter macht mich weiser und freier!

Ich weiß, dass ich nicht ewig leben werde, aber während ich hier bin, möchte ich nach meinen Gesetzen leben, denen meines Herzens.

Ich will mich nicht über das beschweren, was nicht war, noch darüber sorgen, was sein wird. In der verbleibenden Zeit werde ich einfach das Leben lieben, wie ich es bisher getan habe, den Rest überlasse ich dem Universum... ♡ ..

(Quelle: unbekannt)

„Was für eine starke Frau. Das möchte ich auch sagen können!!" dachte sie. Und es erinnerte sie daran, dass sie ganz oft das Gefühl hatte, Dinge würden absichtlich zu einer bestimmten Zeit passieren. Zum Beispiel, dass ihr gerade jetzt dieser kleine Bericht einer alten

Frau im Internet aufgefallen war, hatte doch eine Bedeutung. Er war tröstlich.

Sie wandte sich noch einmal ihrer Bildergalerie mit den schönen Gartenbildern zu. „Wie gut, dass ich das Alles mal festgehalten habe", sagte sie laut zu sich selbst. Und plötzlich musste sie sehr intensiv an ihren 60. Geburtstag denken. Da war sie sprichwörtlich „Rosen trunken"...

Sie hatte alle aus der Frauenrunde zum Kaffee eingeladen und alle – als hätten sie sich verabredet – brachten einen Rosenstrauß mit. Sie kam sich vor wie die Rosenkönigin persönlich. Terrasse und Wohnzimmer dufteten betörend.

Sie liebte es, wenn nach einiger Zeit einzelne Blätter sich in Zeitlupe lösten und auf die Tischdecke rieselten. „So schön möchte ich im Verwelken auch mal ausschauen – und so gut duften."
Die festeren Köpfe schnitt sie dann ab und trocknete sie. Langsam gingen ihr die hübschen, wenn möglich alten Schalen und Schälchen aus, die sich im Bad und auf Kommoden verteilten.
Viele Sorten verloren beim Trocknen ihre Farbe, deshalb überwog zartrosa und weiß. Ab und zu bekamen sie zusätzlich einen Tropfen Rosenwasser.

Und dann fiel ihr noch ein, dass sie an diesem Geburtstag, da es sehr heiß war, einen Erfrischungscocktail kreiert hatte.

In ein Bowlengefäß gab sie ganz viel frische Pfefferminze, die sich in ihrem kleinen Garten stark vermehrt hatte, weshalb sie jetzt oft von ihrem „Minzewald" sprach.

Darüber jede Menge crushed Eis und darüber eine Flasche schwarzen Johannisbeersaft, eine Flasche Orangensaft und eine kleine Flasche Zitronensaft. Umrühren, fertig.

Wer später nicht Auto fahren musste, konnte sich so viel Champus wie er wollte darüber gießen. (Die Farbe war nicht so prickelnd, aber es schmeckte echt lecker). Manche rundeten das Ganze noch mit einem Schuß Wodka statt Sekt ab.

„Was war das für eine schöne Zeit", dachte sie und ein paar Tränen kullerten über ihre Wange.

Sie musste jetzt auch an Dagmar denken, die ihr einmal Lupinensamen aus ihrem Garten mitgebracht hatte, weil sie sich immer wieder beklagt hatte, dass sich diese geliebten Blumen bei ihr nicht heimisch fühlen wollten. Dagmar hatte gleich selbst Hand angelegt, die Samen in einen Topf mit Erde gelegt und gewässert.

Diese Samen gingen wunderbar auf und bescherten ihr jedes Jahr mehr verschieden farbige Lupinen in ihrem kleinen Blumenparadies.

Mit Pflanzen ging es ihr wie mit Songs, die man bei einem bestimmten Anlass gehört hat und dann nie mehr vergessen konnte …

Mit Lupinen verband sie zum Beispiel Punta Arenas. Das Punta Arenas, das ganz im Süden von Chile liegt, kurz vor Feuerland. Als sie vor Jahrzehnten Anfang Januar dort landete, begleiteten sie Lupinen auf der ganzen Fahrt vom Flughafen bis in die Stadt. In der Mitte der vierspurigen Straße blühten sie in einem Grünstreifen in allen Farben.
Das konnte und wollte sie nie vergessen.

Genauso die Jacaranda Bäume auf Madeira. In einem romantischen Urlaub im Mai bildeten sie ein zart-lila Blütendach über den Straßen von Funchal. Madeira nennt man den „Schwimmenden Garten im Atlantik" und das zu Recht. Mindestens jeder zweite Tourist hatte beim Abflug eine große Schachtel mit Strelitzien (Paradiesvogelblumen) im Handgepäck. Dafür ist Madeira bekannt. Aber sie war berauscht von den vielen Mimosen, die zum Beispiel im Garten des kleinen Teehauses blühten und den Bougainvilleen, die sich von zartgelb bis dunkelrot an jeder Ecke emporrankten.

In einem anderen Weihnachtsurlaub auf der kleinen Insel La Palma, die auch zu den Kanarischen Inseln gehört, wurden Weihnachtssterne, bei uns als hübsche Topfpflanzen bekannt, bis zu 3 Meter hoch. Übers Jahr eher unscheinbar, erzählte man ihr, erstrahlen sie zwischen November und Februar in sattem Rot.

Sie erinnerte sich aber genauso intensiv an die neun Inseln, die alle zu den Azoren gehören. Eine davon, Faial, nennt man auch die Blaue Insel. Von Juni bis September tauchen kilometerlange Hortensienbuschhecken die Insel in ein blaues Meer. „Hortensien gehören auch zu meinen absoluten Lieblingsblumen", sagte sie einmal zu Dagmar am Telefon.

Dagmar war eine ausgesprochene Irland-Liebhaberin. Schon sehr oft hatte sie die Insel bereist und sie schwärmte ihr damals vor: „Wenn man im September nach Irland reist, fährt man über einen Blütenteppich aus Fuchsien. Die dort mannshohen Büsche verlieren leider Anfang Herbst ihre filigranen Blüten, aber sie haben für mich etwas ungeheuer Anmutiges, wie kleine Primaballerinen".

Apropos Primaballerinen: Da fiel ihr doch sofort der Weiße Garten von Sissinghurst ein. Die Schriftstellerin Vita Sackville-West hatte mit ihrem Mann das Anwesen Anfang des 20sten Jahrhunderts erworben und das riesige Gelände in viele Gartenräume eingeteilt. Der Weiße Garten, in dem viele verschiedene Pflanzen in den unterschiedlichsten Weiß- bis Silbertönen blühen, ist wohl der bekannteste. Als sie einmal Anfang Juni dort war, verströmte eine weiße Kletterrose am Eingang ihren Duft.

Natürlich könnte sie die Liste beliebig verlängern.

„Man muss auch gar nicht ins Ausland reisen", erinnerte sie ihre Blumenfreundin Dagmar. „Denke ich zum Beispiel an Bremen, fällt mir der Rhododendron Park ein. Hunderte Sorten sind hier vereint und dazu noch wunderschöne Azaleen. Sie werden ja gerne als die kleinen Schwestern von Rhododendren bezeichnet.
Nach den Frühlingsblühern ab April sind sie die zauberhaften Vorboten des Sommers".

„Ja", pflichtete ihr Dagmar bei, „ein Garten ist wirklich etwas Wunderbares. Mit ihm erlebt man die Jahreszeiten intensiv und ist immer wieder fasziniert, welche Pflanzen den Winter gut überstehen, sich ausbreiten oder leider nicht wieder kommen.

„Wie zum Beispiel meine Stockrosen, die ich in Nachbargärten bewundere und die in Dänemark vor geschätzt jedem Haus mit minimaler Erde auskommen, aber trotz intensiver Pflege bei mir nicht gedeihen wollen. Man kann nicht alles haben."

Heute brühte sie sich zum ersten Mal eine Tasse Tee mit dem Namen „Träum schön" auf. Geli hatte ihn ihr beim Kaffeebesuch mitgebracht und steif und fest behauptet, dass er bei ihr wunderschöne Träume bewirken würde.

Der Tee schmeckte ihr ausgesprochen gut, wobei sie gar nicht sagen konnte, wonach genau.

Sie hoffte jede Nacht auf einen schönen Traum, aber er stellte sich nicht ein.

Stattdessen wurde sie immer depressiver. Auch ihre Freundinnen konnten sie immer nur für kurze Zeit aus ihren traurigen Gedanken holen.

Stattdessen musste sie jetzt immer öfter an Alex denken und wie sie sich kennengelernt hatten, im letzten Jahr an der Nordsee …

Endlich! Nach einer gefühlten Ewigkeit, in der nichts als Regen, Nebel und Sturm geherrscht hatten, war an diesem Tag die Sonne hervorgekommen.

Sogleich herrschte am Strand reges Leben. Sie saß geschützt auf der großen Bank vor dem DLRG-Haus, in dem natürlich noch niemand Wache hielt und beobachtete schon eine ganze Weile die Szenerie am Deich und im Wasser.

Einige Kitesurfer zeigten ihr Können und wurden von den vielen Spaziergängern begeistert beklatscht.

Sie atmete langsam tief ein und noch langsamer, aber hörbar aus, so wie sie es von ihrer Therapeutin gelernt hatte. Tatsächlich half ihr diese Methode zuverlässig, ein wenig vom Stresslevel herunter zu kommen.

Völlig in Gedanken versunken, bemerkte sie zunächst gar nicht, dass sich ein Mann ihrer Bank genähert hatte und in Verbindung mit einer leichten Verbeugung sagte: „Gestatten, ich bin dann mal so frei."

Gleichzeitig setzte er sich mit gebührendem Abstand, der seit dem Ausbruch des Virus immer noch Vorschrift war, auf die Bank.

Sie beäugte ihn vorsichtig von der Seite und glaubte eine gewisse Ähnlichkeit mit einem Comedian zu erkennen. Die gleiche massige Figur, gekrönt von einer Wollmütze.

Jetzt entnahm er seiner großen aufgesetzten Jackentasche eine Tüte, hielt sie ihr entgegen und bot ihr an, zuzugreifen.

„Das sind selbstgemachte, getrocknete Bananen. Viel besser als aus dem Kaufhaus und soooo gesund. Mit ganz viel Vitamin A, C und K. Versuchen Sie."

Sie schaute ihn nur zweifelnd an und schüttelte den Kopf.

„Schade", meinte er nur gleichmütig und ließ eine Handvoll in seinem schönen Mund verschwinden. Er biss kräftig zu, und sie hörte das leise Knacken der getrockneten Fruchtscheiben.

„Ich bin sicher, wenn Sie lächeln, sind Sie noch viel hübscher als wenn Sie so ernst daher schauen." Ein breites Grinsen oder besser gesagt, verschmitztes Lächeln überzog sein Gesicht.

„Das vorhin war ein Pleonasmus und den mag ich ebenso wenig wie von der Seite angemacht zu werden." Als sie das sagte, setzte sie sich noch gerader hin und schaute stur geradeaus.

„Was bitte ist ein Pleodingsbums", fragte er, immer noch Reste der Bananenchips im Mund. „Ich wollte nur höflich sein. Höflichkeit ist eine Zier, hat meine Babuschka immer gesagt."

„Doch weiter kommt man ohne ihr. So heißt das komplette Sprichwort", meinte sie jetzt, schon wesentlich entspannter.

Sie liebte Sprichwörter, so wie alles, was mit Sprache zu tun hatte. Schließlich war sie eine glühende Linguistin. Genauso liebte sie eine ordentliche Aussprache. Sie machte sich keine Freunde, wenn sie immer wieder betonte, dass heutzutage die jungen Leute ihre Sprache nur noch rudimentär benutzten und dazu noch unsauber artikulierten.

Der Mann neben ihr schien kein gebürtiger Deutscher zu sein, aber seine Aussprache war überaus korrekt. Noch dazu hatte sie einen vollen nicht zu hohen und nicht zu tiefen Klang.

„Ein Pleonasmus ist eine Verdoppelung. Sie sagten „Gestatten, ich bin dann mal so frei."

„Gestatten, und, ich bin dann mal so frei, ist inhaltlich genau dasselbe, nur mit anderen Worten."

Aber gleichzeitig dachte sie: „Was bin ich doch für eine eingebildete Kuh. Kein Wunder, dass viele Männer vor mir Angst haben. Wer will schon gerne an seine Defizite erinnert werden?"

Er schaute sie aus großen, hellen Augen an, und sie ertappte sich dabei, dass sie fand, er habe ein sehr sympathisches Gesicht.

„Sehen Sie, ich wusste es. Wenn Sie lächeln, sind Sie noch viel hübscher. Darf ich Sie zu einem Kaffee einladen?"

„Warum sollte ich mit Ihnen Kaffee trinken? Sind Sie immer so plump und direkt?"

„Nein, aber dann könnten Sie mir in Ruhe diesen Pleodings erklären, und ich könnte Ihnen noch ein paar Sprichwörter von meiner Babuschka verraten."

„Sind Sie Russe?"

„Jawoll. Alexander Popow. Nicht zu verwechseln mit Oleg Konstantinowitsch Popow, dem Clown." Als er das sagte, war er aufgestanden und machte wieder eine kleine Verbeugung.

Sie musste unwillkürlich schmunzeln, denn sie sah gerade den berühmten Clown in Gedanken vor sich. Der schöne Mund des Fremden reichte jetzt über sein ganzes Gesicht.
Sie hatte schon ziemlich lange auf der Bank gesessen, und sie merkte jetzt, dass die Kälte längst von ihren Zehenspitzen bis hinauf zum Unterleib gekrochen war. Der Gedanke an einen heißen Kaffee kam gerade recht. Aber noch ließ sie den Mann zappeln.

„Und wieso sprechen Sie so perfekt deutsch?"

„Meine geliebte Großmama stammte aus Deutschland. Der Liebe wegen kam sie nach St. Petersburg. Da meine Mama arbeitete, war ich oft bei meiner Babuschka. Sie sprach mit mir deutsch, und sie liebte Sprichwörter. Jetzt bin ich pensioniert und seit fünf Jahren in Deutschland. Mein Arzt hat mir einen Urlaub hier an der Nordsee empfohlen."

Während er das sagte, erklang ein entsetztes „Ooh" von den Zuschauern unten am Deich. Eine kräftige Windböe hatte einen Skitesurfer erfasst und hoch in die Luft geschleudert. Zum Glück landete er unsanft aber unversehrt auf dem Wasser.

Sie wusste, dass das Cafe auf der Deichkuppe einen neuen Besitzer und endlich wieder geöffnet hatte. Was sprach dagegen, jetzt um 12 Uhr mittags mit dem Fremden einen Kaffee zu trinken.
Galant bot er ihr den Arm und geleitete sie in den frisch renovierten Raum. Er roch noch etwas nach Farbe, aber alles sah einladend und gemütlich aus.

Nachdem sie einige Zeit schweigend ihren Kaffee getrunken hatten, fragte er noch einmal nach. „Bekomme ich jetzt eine ausführliche Erklärung für diesen Pleodings?"

Es blieb nicht bei dieser Erklärung. Eine Frage schloss sich der nächsten an, und sie redeten und lachten und fielen sich manchmal ins Wort und bestellten um 17 Uhr Rührei mit Krabben.

Während er weit ausholend von seiner schönen russischen Heimat erzählte, die er aus politischen Gründen nach seiner Pensionierung verlassen hatte, dachte sie: „Welche Streiche spielt einem das Schicksal? Vor ein paar Stunden war ich noch eine typische verlassene Frau, deren Exfreund glaubt, in den Armen einer 30 jahre Jüngeren selbst noch einmal jung zu werden. Und jetzt saß sie einem weitaus interessanteren Menschen gegenüber, den sie ohne diese Trennung nie kennen gelernt hätte. Sie lächelte ihn glücklich an."

„Wie schön Du bist, Nane", sagte er, während er sanft ihre Hände streichelte.

Warum hatte sie sich nicht weiter mit ihm getroffen? Warum noch nicht einmal ihm ihre neue Telefonnummer mitgeteilt?
Bei der letzten Begegnung hatte sie ihm ein wenig aus ihrem Leben erzählt und ihn gebeten, ihr Zeit zu geben.

Das Telefon riss sie aus ihren Gedanken.

„Na, bist Du schon fertig mit Einräumen?"

„Du bist ein Witzbold, mein Sohn. Ich kann nicht zaubern."

„Am Sonntag komme ich aus Athen, dann kann ich Dir helfen, Mom."

„Am Sonntag bin ich bei Geli und Manfred eingeladen. Lass mal gut sein. Du hast genug andere Arbeit."

„Na gut, dann telefonieren wir nächsten Montag. Pass auf Dich auf." Und bevor sie noch etwas erwidern konnte, hatte er aufgelegt.

Ihr Sohn!! Der absolut wichtigste Mann in ihrem Leben. Vor Kurzem hatte sie gelesen, dass es auch anderen, sogar berühmten Frauen so ging. Iris Berben zum Beispiel oder Christiane Hörbiger und noch etlichen anderen. Alle hatten sich so geäußert. Und alle hatten – genauso wie sie – ihren Sohn mehr oder weniger alleine großgezogen.

Inzwischen hatte er schon graue Haare und war beruflich sehr erfolgreich. Das erinnerte sie immer an seinen „vermutlichen" Vater.

„Meine verdammte oberhessische Dickköpfigkeit", dachte sie. „Was hat sie mir alles schon im Leben eingebrockt!"

So lange her, aber so eine tolle Zeit …

Sie hatte ihn in der amerikanischen Agentur kennen gelernt. Er war wahnsinnig sportlich, hatte breite Schultern und ein noch breiteres Grinsen. Sie harmonierten in der Arbeit schon nach kurzer Einarbeitungszeit perfekt zusammen. Das machte sie zum erfolgreichen Team. Sie bekamen die interessantesten Aufträge. Manchmal brüteten sie bis spät in der Nacht über einer zündenden Idee.

Sie waren beide verheiratet, aber sie liebte ihren Mann schon lange nicht mehr. Sie hatte zu früh geheiratet, aus Frust, weil sie den Mann, den sie wollte, nicht bekommen hatte. Es war ein fauler Kompromiss gewesen, das wusste sie genau, aber jetzt hatte sie den Ring am Finger und einen sehr selbstgefälligen Ehemann.

Es kam, wie es kommen musste. Sie sträubte sich nicht. Im Gegenteil, sie genoss die Quickies auf dem harten Büroboden oder über den Tisch gebeugt oder genüsslich auf ihm sitzend.

Er bekam ein lukratives Angebot einer Konkurrenzfirma 600 Kilometer entfernt. Sie sagte ihm nicht, dass sie schwanger sei. Ihr Ehemann freute sich. Nie stellte er Vergleiche an oder gar etwas infrage. Noch bevor ihr Sohn in den Kindergarten kam, reichte sie die Scheidung ein. Für ihren Mann brach eine Welt zusammen. Er zahlte kaum Unterhalt, und sie war viel zu stolz, mehr zu verlangen. Sie wollte es alleine schaffen.

Und sie schaffte es. Jahre später traf sie ihn auf einer Messe wieder. Sie erzählte von ihrem Sohn und ihrem begründeten Verdacht.
Er war auch geschieden, aber gerade wieder in einer glücklichen Beziehung mit einem Baby.
Sie blieben in Verbindung. Die Kinder liebten sich auf Anhieb wie Geschwister. Obwohl ihr Sohn nur ihr ähnlich sah – weder ihrem Exmann, noch dem wahrscheinlichen Vater, stellte sie in den sportlichen Hobbys immer mehr Gemeinsamkeiten fest.
Sie verzichtete auf einen DNA-Test. Sie liebte ihren Sohn und er liebte sie. Es war ein sehr enges Mutter-Sohn-Verhältnis.
Als er nach seinem Studium ins Ausland ging, überfiel sie eine große Leere. Dabei hatte sie ihn zu diesem Schritt ermutigt, aber sie litt sehr unter der Trennung. Aber dann kam Hans und lenkte sie ab, bis zu dem Tag, als sie seine Lügen aufdeckte …

Das erinnerte sie wieder an ihr glückliches Landleben an der Nordsee. Nach der Krebs OP hatte sie sich dort gut erholt. Sie brauchte keinen Rollstuhl, wie der Arzt prognostiziert hatte. Und da war Hans, mit dem man wunderbar philosophieren konnte.

Nach ihrer ersten Lesung hatten sie sich kennen gelernt. Er machte in dem kleinen Nordseebad Urlaub, kaufte ihr ein Buch ab und fragte sie Löcher in den Bauch, wie, warum und wann sie zum Schreiben gekommen sei.

Er betonte zwar von Anfang an, er sei ein Großstadtmensch und würde nie auf dem platten Land leben wollen, aber er kam regelmäßig zu Besuch.

Genau diese Auszeiten ohne ihn aktivierten ihre Kreativität. Sie waren ja keine Teenager mehr. Sie freuten sich – wie sie damals dachte – aufeinander. Das hielt ihre Liebe frisch. Sie entdeckten den Norden und waren glücklich.

Aber irgendwann war sie stutzig geworden. Irgendetwas in seinem Verhalten war komisch. Sie konnte gar nicht sagen, was, aber sie beobachtete ihn, und er hatte nicht mit ihrer Gabe gerechnet, sich Zahlen zu merken.

Sie beobachtete ihn, wie er den Code in sein Handy eingab, und sie konnte an seiner Bewegung erkennen, um welche Zahlen es sich handeln musste.

Wenn er unter der Dusche stand, inspizierte sie sein Handy und entschlüsselte alle Umwege, die er genommen hatte, um von seiner Liaison abzulenken.

Sie merkte sich die Zeiten der gespeicherten Anrufe (immer wenn sie einkaufen war oder ähnliches), und sie las die schmerzenden SMS und Whatsapp so lange, bis sie ein vollständiges Bild seines Doppellebens hatte und ihn bat, nie wieder zu kommen.

Dann brach sie mit Verdacht auf Herzinfarkt zusammen und brauchte lange, bis sie sich einigermaßen erholt hatte. Von Männern hatte sie jetzt endgültig genug.

Sie schrieb jetzt täglich, und das war neben dem Malen, das in der Reha angeboten worden war, die beste Therapie gegen „ein gebrochenes Herz". Sie hatte es nicht glauben wollen, als ihr Arzt ihren Zusammenbruch so bezeichnete.

„Dieses Phänomen gibt es wirklich, Frau Körner."

Viele Monate später hatte sie dann das Erlebnis mit Alex. Sie war immer noch in Behandlung, die aber nichts gebracht hatte und reagierte dann endlich auf die gutgemeinten Ratschläge ihres Sohnes und der Empfehlung von Moni aus der Frauengruppe, es mit dem Arzt aus der Kurstadt zu versuchen.

So kam es zu **Umzug 19** und kurz darauf zu **Umzug 20**.

Verdammt! Es war schon wieder weit nach Mitternacht und morgen musste/wollte sie fit sein. Geli hatte Karten für eine Matinee mit Max Raabe und seinem Palast Orchester organisiert.

Irgendwann hatte sie einmal erwähnt, dass sie das interessieren würde, und Geli hatte diese Aussage „abgespeichert".

Sie bewunderte sie, weil sie keinen Menschen kannte, der sich so gut Gesagtes behalten konnte.

Sie freute sich auf die Ablenkung und hinterher auf das gemütliche Zusammensein mit Geli und Manfred.

„Was wird sie morgen wieder Kulinarisches zaubern?", dachte sie beim Einschlafen.

Sie schlief tatsächlich verhältnismäßig gut in dieser Nacht. Zwei-, dreimal musste sie auf Toilette, aber der schöne Traum, den sie hatte, ging immer nahtlos weiter. „Ob der Tee doch wirkt?", fragte sie sich.

Der Traum handelte von Geli und wie sie bei ihr an der Nordsee war. Sie tauschten Rezepte für Gelees und Chutneys aus. Für Gelees und Marmeladen war Geli unübertroffen, aber sie hatte verrückte Ideen für Chutneys, Gemüse- und Obstzusammenstellungen, die es so in keinem Kochbuch gab und doch sehr raffiniert schmeckten.

Es wurde ein sehr schöner Sonntag. Das Konzert war ein Genuss und das anschließende Zusammensein mit Geli und Manfred Balsam für ihre Seele.
Sie spürte zum ersten Mal ein richtiges Glücksgefühl wieder in ihrer alten Heimat und in der Nähe der alten Freunde zurück zu sein.

„Das Alter macht doch etwas mit einem", sinnierte sie auf dem Heimweg. Plötzlich registriert man, dass der (oder die) ein oder andere bereits gestorben ist und Lücken in die Kette der früher so vertrauten Menschen gerissen hat. Und das macht auch die eigene Endlichkeit bewusster.
Was sie viele Jahre sträflich vernachlässigt hatte, – die Kontrolluntersuchungen beim Arzt –, wollte sie jetzt umso penibler wahrnehmen.

„Warum war ich so ehrgeizig? Wozu? Warum habe ich so viel falsch gemacht?" fragte sie sich immer wieder.

„Sie müssen lernen, Ihre Schwächen anzunehmen und nicht zu streng mit sich zu sein. Sie haben im Leben so viel erreicht. Seien Sie doch ein wenig stolz auf sich", hörte sie von ihrem Arzt wie ein Mantra bei jedem Besuch.

Der Anruf ihres Sohnes, riss sie aus ihren trüben Gedanken.

„Ich habe doch heute schon angerufen, weil ich morgen mal kurz vorbei komme. Am Dienstag muss ich schon weiter nach Berlin. Hat sich ganz kurzfristig ergeben."

Und bevor sie auch diesmal mehr erfragen konnte, hatte er mit einem „Tschüss, bis morgen" das Gespräch beendet.

„Warum ist er immer so zack-zack? Genauso wie seine Filme, immer ganz schnelle Schnitte", fragte sie sich. Aber sie konnte sich die Antwort selbst geben: „Weil er damit so großen Erfolg hat!"

Sie liebte beim Film lange Einstellungen, Geschichten, die sich langsam ergaben, die romantisch und episch erzählt wurden.
Aber nun freute sie sich erstmal auf den morgigen Besuch ihres Sohnes.

Sie war für alles vorbereitet. Für Frühstück, Mittag- oder Abendessen. Egal, wann er kommen würde, sie konnte ruckzuck etwas servieren. Darin war sie eine Meisterin.

Er kam gegen Mittag, küsste und umarmte sie und aß, trotz erster Abwehr eine gehörige Portion ihrer selbstgemachten Nudeln mit Lachs und Broccoli.

Lachs mochten sie beide zu jeder Tages- oder Nachtzeit. Als er noch ein Kind war, verbrachten sie einen Sommer in Dänemark und freundeten sich dort mit einer Fischerfamilie an, die einen eigenen Trail in der Ostsee hatten.
Sie fuhren mit ihnen aufs Meer und durften beim Füttern der jungen Lachse, die in diesem Trail – oder man könnte auch sagen – Lachsgehege, aufwuchsen, zusehen.

Sie erfuhren, wie die ganz jungen Lachse aus Süß- in Salzwasser umgesiedelt werden und dann etwa ein- bis eineinhalb Jahre in den Trails heranwachsen, bis sie zu Räucher- oder Graved Lachs verarbeitet werden.
Obwohl sie beide wenig Fleisch verzehrten und ihnen jedes geschlachtete Tier leidtat, konnten sie bei Lachs einfach nicht widerstehen.

Viel zu schnell vergingen die wenigen Stunden, in denen er ihr von all seinen Projekten lebhaft erzählte.

Er ließ sie dennoch mit so vielen Fragen zurück, die sie nicht anbringen konnte. „Hast Du eine neue Freundin, gehst Du zur Vorsorge, achtest Du auf gesunde Ernährung, schläfst Du genügend?"

Für all das blieb keine Zeit, und er konnte ihr auch nicht versprechen, wann er aus Berlin zurückkäme.

Aber selbst wenn sie ihn das alles hätte fragen können, wusste sie die Antwort. „Mom, bitte, ich bin kein Kind mehr. Mach Dir um mich keine Sorgen, pass' lieber auf Dich auf!"

„Ach, einmal Mutter, immer Mutter. Warum können das Kinder nicht verstehen?" seufzte sie, während sie den Tisch abräumte.

Gut, dass sie neben Geli auch ihre Frauengruppe hatte.
Eva hatte Geburtstag und zum Brunch eingeladen.
Es wurde ein fröhlicher Vormittag, der bis zum Abend
andauerte.

Auf dem Weg zu Eva kam sie zwangsläufig an dem
Haus vorbei, wo sie viele Jahre, ja sogar Jahrzehnte gewohnt hatte und in dem sie zweimal umgezogen war.
Es beinhaltete also **Umzug 16, 15 und 14**. Sie hielt
nicht an, aber sie fuhr ganz langsam daran vorbei.
Und natürlich musste sie an Umzug 14 denken, ein
sehr strapaziöser Umzug kurz vor Weihnachten.

Das wiederum erinnerte sie zwangsläufig an **Umzug
13 und 12** und an die große Enttäuschung, auf einen
betrügerischen Vermieter hereingefallen zu sein.
Aber im gleichen Atemzug erinnerte es sie auch an die
schönen Jahre in ihrer ach so geliebten alten fränki-
schen Hofreite und damit an **Umzug 11 und 10**.
Nur ihrer Dickköpfigkeit über den Ärger mit dem
Bürgermeister und seiner Anmaßung nach Parkplatz-
ablöse, zwangen sie, nach neuen Räumlichkeiten zu
suchen.

Damals hatte sie sich gerade mit ihrer Firma selbständig gemacht und suchte Gewerberäume.
In der großen Stadt waren die Mieten dafür uner-

schwinglich, deshalb zog sie in eine nicht sehr gute Ecke in der Arbeiterstadt, ganz in der Nähe.

Sie sollte das nie bereuen.

Die Herren von der Wirtschaftsförderung freuten sich über die innovative Firma und unterstützten sie.

Für ihren Sohn kam der Umzug in die Stadt gerade recht. So sehr er sich auf dem Dorf als Kind wohl gefühlt hatte, so sehr genoss er jetzt die Stadt mit all ihren Verlockungen: Kinos, Restaurants, Discos und so weiter. Er jobbte neben der Schule, weil er sich unbedingt nach dem Führerschein ein neues Auto kaufen wollte.

Sie glaubte, es mit einem ehrlichen Vermieter zu tun zu haben, der ihr ein Vorkaufsrecht für die Immobilie eingeräumt hatte. Dafür steckte sie viel Geld in die Renovierung der Räumlichkeiten. Aber weit gefehlt.

Aus zwei Mitarbeitern wurden bald vier, und sie mietete zum Erdgeschoß auch noch das erste und zweite Geschoss hinzu. Das erforderte auch ihren privaten Umzug innerhalb des Hauses.

Es war für sie selbstverständlich, im Haus zu wohnen und damit stets erreichbar für ihre Kunden zu sein.

Bald ergab sich ein Ritual.

Ihre Katze sprang morgens neben ihr her die Treppe hinunter und saß den ganzen Tag bei ihr im Büro.

Am Abend legte sie sich quer über das Telefon/Faxgerät, so dass man es nicht mehr benutzen konnte. Damit wollte sie sagen: „Hey, es reicht jetzt mit der Arbeit. Ab nach oben!"

Sie liebte ihre Katze, und sie war sicher, dass diese sie auch verstand. Wenn sie krank war, legte sie sich zu ihr ins Bett ans Fußende. Das machte sie sonst nie.

Als sie sie mit 17 Jahren einschläfern lassen musste, weinte sie dermaßen auf der gesamten Fahrt vom Tierarzt nach Hause, dass sie hinterher nicht wusste, wie sie überhaupt heimgekommen war.

Die Firma entwickelte sich gut, und sie war frohen Mutes, bis zu dem Tag, als ein Mann ins Büro kam, sich als Bruder ihres Vermieters ausgab und ihr erklärte, dass sie eine Erbengemeinschaft seien, und er und ein weiterer Bruder nie Geld aus der Vermietung gesehen hätten. Das müsste jetzt alles anders werden, und er wolle auf Eigenbedarf klagen.

Sie ärgerte sich über das viele Geld, das sie in die Renovierung gesteckt hatte. Aber ihr Anwalt erklärte ihr, sie solle die Sache abhaken und sich schnell etwas anderes suchen, denn so eine Erbschaftsauseinandersetzung könne Jahre dauern, und sie würde in dem Haus ihres Lebens nicht mehr froh.

Wieder kam ihr die Wirtschaftsförderung zu Hilfe und fand rasch – mittels eines Maklers – ein großes, altes Gebäude, ganz in der Nähe, zum Kauf.

Ein Architekt wurde beauftragt, der den Umbau des Hauses veranlassen sollte. Leider erwies sich das schwieriger als gedacht. Jeden Tag musste sie neu entscheiden, ob nur das ein oder andere erneuert werden sollte oder doch lieber das Ganze. Das bezog sich auf Wasserleitungen, Heizungen, Fenster, Türen, Fußböden und so weiter. Ihr Budget wurde gesprengt, aber die Bank ging mit.

Und so kam es, dass für ein Umzugsunternehmen kein Geld mehr da war und alle Mitarbeiter und Freunde den Umzug kurz vor Weihnachten alleine stemmten. Aber die Freude, im eigenen Haus zu sein, ließ alle Strapazen vergessen.

Der Firma ging es weiterhin gut, und sie konnte die enormen Kredite tilgen. Ständig wurde weiter ausgebaut und die Technik verbessert. Das erforderte auch immer neue Mitarbeiter.

Was für herrliche Feste erlebte dieses Haus! Noch viel größer und schöner als in der alten Hofreite. Jeder neue Ausbau, jeder Jahres- oder Geburtstag wurde groß gefeiert, und wieder zog sie innerhalb des Hauses um, gewährte vermeintlichen Freunden Wohnrecht und wurde schwer enttäuscht. Aber wie immer, machte sie aus dem Ärger und der sich ergebenden neuen Situation das Beste und zog ein drittes Mal innerhalb des Hauses um.

Sie arbeitete jetzt 16, 18 Stunden und war glücklich und nicht zu bremsen. Jeden, der sie warnte, sich zu viel zuzumuten, lachte sie aus. „Ich arbeite ja nicht, ich tue doch nur was mir Spaß macht."

Doch das Schicksal schlug zu. An einem sonnigen Tag im Februar, bei klarer Sicht und trockener Straße, konnte sie nicht mehr bremsen und raste in einen LKW.

Das bewog sie, nach dem schweren Autounfall, der ihre Knie zerquetschte, zum Umzug in das Reihenhaus, das sie später ihre „Burg" nannte.

Hätte sie nur damals auf die Ärzte gehört und beruflich etwas langsamer getreten, aber sie war wie berauscht vom Erfolg und gleichzeitig ängstlich, durch nicht ständige Verfügbarkeit und Kontrolle, alles wieder zu verlieren.
Sie war eine Frau in einer absoluten Männerdomäne.
Sie hatte sich angewöhnt, nach außen immer strahlend und gut gelaunt aufzutreten. Dass ihre Kräfte immer weniger wurden und sie ernsthaft krank war, gestand sie sich bis zuletzt nicht ein.
Erst die Krebsdiagnose erzwang ein Umdenken …

Schon seit einigen Jahren hatte sie eine kleine Ferienwohnung in dem Nordseekurort. Wann immer sie konnte, fuhr sie für ein paar Tage in ihr Refugium. Lange schon hatte sie mit dem Gedanken gespielt, sich später einmal ganz hierher zurückzuziehen und wie immer kam ihr ein Zufall zugute.

Bevor sie sich wieder mal auf die Heimfahrt begeben wollte, entdeckte sie in der Hofeinfahrt vor einem alten Haus einen Tisch mit Marmelade.
Schnell kam sie mit dem Mann, der ihr die Marmelade verkaufte, ins Gespräch. Sie hielt einen kleinen Klönschnack mit ihm, so heißt das im Norden.

Er erzählte ihr, dass es die letzte Marmelade sei, die seine Frau gekocht habe. Sie würden den großen Garten mit den vielen Obstbäumen nicht mehr schaffen und zögen in den Kurort, fußläufig zu Geschäften und Ärzten. Das Haus sei verkauft und das umliegende Gelände in Bauland umgewandelt.

„Wie groß wäre denn ein Grundstück", fragte sie ihn.
„Etwa 1.100 Quadratmeter. Es ist aber nur noch dieses direkt hier neben frei. Alle anderen sind bereits verkauft."

Sie überlegte nicht lange. Eine so traumhafte Lage, direkt am Ententeich und unverbaubare Sicht nach Süden, das gab es nicht noch einmal.

Sie wurden direkt handelseinig, und sie begann ihr Traumhaus in den nächsten Nächten zu zeichnen.

Dann nahm sie Kontakt zu einem befreundeten Architekten auf.

Der war etwas überfordert, dass es ein paar Monate später dann so schnell gehen sollte.

Die Krebsdiagnose hatte alles ins Rollen gebracht.

Nein, sie war nicht stehen geblieben auf der Fahrt von Eva nach Hause. Sie war nur ganz langsam an ihrem ehemaligen Firmengebäude vorbeigefahren.

Ihr Sohn hatte alles in ihrem Sinn abgewickelt und was alles danach gekommen war, das konnte keiner ahnen.

„Alles hat seine Zeit", sagte sie laut vor sich hin, bevor die Ampel auf Grün sprang und sie Gas gab.

Obwohl es ein so schöner Tag gewesen war, konnte sie mal wieder nicht einschlafen. „Ich glaube, Georg hat recht. Ich bin umzugssüchtig. Aber dabei sehne ich mich doch nach einem endgültigen Zuhause, nach Ruhe und Beständigkeit. Aber ich finde sie einfach nicht, habe sie nie gefunden, weder privat noch beruflich. Ich bin eine ewige Vagabundin."

Das hatte sie Biggi anvertraut, als sie diese noch spät abends angerufen hatte. Biggi gehörte zu den wunderbaren Menschen, die man zu jeder Tages- und Nachtzeit anrufen durfte, die immer ein Ohr für einen hatte, nur zuhörte, nie urteilte.

Irgendwann schlief sie dann mit der Gewissheit ein, dass trotz ihrer Eigenwilligkeiten sie noch einige Menschen hatte, die echte Geschenke waren.
„Ja, Du bist ein Geschenk!", das muss ich Biggi unbedingt einmal bei Gelegenheit sagen.

Die Reihen der Umzugskartons lichteten sich. Jetzt verbrachte sie viel Zeit mit dem Betrachten alter Fotos. „Wie viel man doch im Laufe der Zeit vergisst", ging es ihr durch den Kopf, „gut, dass ich die meisten ordentlich in Alben geklebt und zumindest mit Jahreszahlen und kurzen Beschreibungen versehen habe. Sonst wüsste ich vieles nicht mehr einzuordnen."

Umzug 11 und 10 lag in einem dicken braunen Lederalbum schwer auf ihren Knien. „Komisch, mir fällt jetzt erst auf, wie oft ich innerhalb eines Hauses zweimal umgezogen bin. Das ist doch verrückt!"
Sie sah noch genau die entsetzen Nachbarn vor sich, als der schwere Laster die enge Straße emporkroch und die alten Pflastersteine in ihrem Vorgarten ablud. Ein Riesenspektakel.

Sie hatte die fränkische Hofreite von 1723 durch einen befreundeten Architekten entdeckt. Jahrelang hatte sie leer gestanden, weil ursprünglich genau an dieser Stelle eine Umgehungsstraße durch das kleine Dorf geplant war.
Aus den windschiefen Fachwerkhausfenstern wuchsen blühende Gräser. Nur die äußere Hülle des Hauses und des angrenzenden ehemaligen Stalls blieben erhalten – aus Denkmalschutz – innen entstand ein völlig neuer Rohbau über drei Etagen, wobei die schmale Treppe später das Zentrum bildete. Ständig wurde da-

rauf etwas zwischengelagert, auf dem Weg nach oben oder unten.

Absolut kuschelig hatte sie sich darin eingerichtet, später auch den Stall ausgebaut und den Hof mit den alten Pflastersteinen und unzähligen alten Töpfen und Schalen mit Blumen und Kräutern, zu einem echten Hingucker in der Straße gemacht.

Von einem ehemaligen Studienkollegen hatte ihr Sohn zum Einzug eine Katze geschenkt bekommen, die er sich schon lange sehnlichst gewünscht hatte. Hier passte sie bestens hin. Wie oft stand sie vor der Haustür mit einer Maus im Maul und wollte gelobt werden.
Einerseits war sie froh, die Mäuse nicht im Haus zu haben, andererseits taten sie ihr auch leid. Ein- oder zweimal gelang es ihr, die noch nicht tote Maus aus dem Maul zu nehmen und wieder in die Freiheit zu entlassen.

Es war eine sehr glückliche und unbeschwerte Zeit.
Sie eröffnete ihren ersten kleinen Laden. Die Kundinnen saßen bei Kaffee oder Tee im Hof und schnatterten durcheinander. Viele wurden bald zu Freundinnen.

Dazwischen spielte ihr Sohn mit anderen Jungs oder sie erzählten sich aufregende Geschichten.

Sie hatten gehört, dass es früher angeblich einen unterirdischen Gang vom Keller ihres Hauses bis hinter die Stadtmauer gegeben haben sollte.

Das Dorf, das früher ein wichtiger Ort auf einer Handelsroute war, wurde mehrmals von feindlichen Stämmen belagert. Damit die Bürger nicht verhungerten, hatten sie mehrere geheime Gänge angelegt, um auf diese Weise außerhalb des Ortes zu kommen und sich mit Lebensmitteln zu versorgen.
Die Kinder träumten nun davon, einen dieser Gänge zu finden.
Sie buddelten eifrig im Keller, der nur einen Boden aus gestampftem Lehm hatte, aber alles, was sie fanden, war ein rostiges Hufeisen, mehr nicht. Das bekam natürlich einen Ehrenplatz im Kinderzimmer.

Direkt neben ihrem Haus befand sich die Metzgerei und daneben die Bäckerei. Sie waren also den ganzen Tag von herrlichen Düften umgeben.
Ihr Sohn ging liebend gern einkaufen, denn der fröhliche Blondschopf bekam immer eine dicke Scheibe Fleischwurst und ein leckeres Hörnchen geschenkt.

Ihr kleiner Laden mit den ausgefallenen, modischen Kleidern und Accessoires war bald über die Grenzen des Ortes berühmt, und sie eröffnete weitere Läden.

Buchhaltung und Organisation konnte sie nicht mehr alleine bewältigen, deshalb wurde das Vorderhaus bald zum Laden und Büro, und sie bezog mit Sohn den ehemaligen Stall.

Ihre vielen Feste, immer mit Überraschungen bespickt, ob musikalischer oder darstellender Art, waren die beliebten Highlights des Dorfes.

Das ging so lange gut, bis der Bürgermeister auf die Idee kam, sie müsse für ihre Angestellten und Kunden Parkplätze nachweisen.

Da sie ihren Hof ja anders als die Metzgerei oder Bäckerei nicht für Autos, sondern für Menschen und Pflanzen nutzte, war dort für Parkplätze kein Platz.

Also wurde beschlossen, sie müsse Parkplätze ablösen. Dem Ort fehlte es nämlich an Geld für ein geplantes Parkhaus neben dem Marktplatz.

„Bekomme ich für mein Geld dann kostenfreie Parkplätze in diesem Parkhaus?" war ihre berechtigte Frage an den Bürgermeister.

„Nein", war seine kühle Antwort, „so ist das nicht gedacht."

Sie regte sich einige Tage fürchterlich darüber auf. Da aber andere Situationen anstanden, die unbedingt geklärt werden mussten, (zum Beispiel die weiterführende Schule für ihren Sohn, eine weitere Firma, die sie plante) und das alles nicht in dem kleinen Ort realisiert werden konnte, sah sie nur den Ausweg, ihr geliebtes Anwesen zu verkaufen und in die nächste große Stadt zu ziehen.

Ein schmerzlicher Abschied und ein gewaltiger Umzug, denn sie wusste, dass sie die Boutiquen nicht aus der Ferne leiten konnte.
Sie überließ sie ihren Mitarbeiterinnen und freute sich später, dass sie noch viele Jahre bestanden.

Sie hatte es geschafft. Der letzte Karton war ausgepackt und zu den anderen im Keller verstaut. Was sollte sie mit ihnen machen? Dem Umzugsunternehmen zurückgeben?

Nach einiger Überlegung behielt sie sie.

„Man kann ja nie wissen", war ihre berechtigte Vermutung.

An die Unzulänglichkeiten in der Mietwohnung hatte sie sich inzwischen gewöhnt. Gemessen an all dem Leid, dass in der Welt gerade passierte, waren das wirklich weniger als Peanuts, die sie quälten.

Sie genoss die Nähe zu den alten Freunden und Freundinnen und lud – wie früher – häufig zu Kaffee und Kuchen oder zum Abendessen ein. Es gab sooo viel zu erzählen.

Geli erzählte ihr eines Tages, dass das Hochhaus, in dem sie ein paar Jahre gewohnt hatte, abgerissen würde. Sie hätte es in der Zeitung gelesen.

Natürlich musste sie unwillkürlich an die Zeit nach ihrer Scheidung denken und die schweren ersten Jahre ihrer Selbständigkeit.

Dreimal war sie mit ihrem Sohn innerhalb von zwei Jahren umgezogen.

Sie glaubte, ihm schrecklichen Kummer zu bereiten,

als sie ihn aus dem dreihundert Quadratmeter Haus auf dem Lande in eine Einzimmerwohnung in die Stadt verpflanzte.
Das war **Umzug Nummer 7.**

Aber aus Sicht eines kleinen Kindes, stellte sich das ganz anders dar …
„Mami", rief der Knirps fröhlich aus der Toilette, „is kann dis von überall sehen!" Zu dieser Zeit lispelte er so schön.
„Im großen Haus war das nicht möglich, mein Schatz, nicht wahr?"
„Da hatte is immer soooo Angst, szwisen die Treppe zu rutsen."

Schlagartig wurde ihr klar, dass die moderne, offene Treppenführung für kleine Kinder gefährlich sein konnte.
Das große Spielzimmer im Keller mit der riesigen Eisenbahn, die aber nur der Papa bedienen durfte und das Kinderzimmer im ersten Stock, schien für Erwachsene erstrebenswert, aber auf ein Kind wirkte die Größe und Entfernung nicht heimelig.

Ganz anders die winzige Wohnung, die erste Station nach ihrem überstürzten Auszug aus dem Eigenheim, in die sie nur ein paar aufklappbare Polster, sowie Anzieh- und Spielsachen mitgenommen hatte.

97

Ihr Sohn war glücklich. Endlich hatte er Mama ganz für sich alleine und ganz nah bei sich.

Sie wunderte sich über viele Dinge, die plötzlich aus ihm herausbrachen, und sie musste feststellen, wie sehr sie ihn unterschätzt hatte.

Nie war ihr vorher in den Sinn gekommen, dass er die ständigen Streitereien mit ihrem Mann voll und ganz mitbekommen und wie sie, sehr darunter gelitten hatte.

Nach kurzer Zeit konnte sie mit ihm eine Zweizimmerwohnung inklusive Möblierung von einer jungen Frau, die nach Amerika auswanderte, übernehmen.

Umzug Nummer 8.

Mehrmals bekamen sie Besuch von einer Psychologin. Diese fragte ihren Sohn Löcher in den Bauch.

Nach für sie endloser Wartezeit, bekam sie das alleinige Sorgerecht für ihren Sohn zugesprochen, welches sie sich so sehr gewünscht hatte.

Eine Kita in der Nähe wurde gefunden, und es begann ihr spektakulärer Aufstieg in der Werbung, der ihr erlaubte, irgendwann die für sie zentral gelegene Dreizimmerwohnung mit großer Loggia und Tiefgarage in dem besagten Hochhaus – das nun abgerissen worden war – zu kaufen.

Umzug Nummer 9.

Für sie begann eine sehr spannende Zeit, mit vielen interessanten Bekanntschaften. Aber ihr Sohn erklärte jedem Bewerber, der sich um die Gunst seiner Mutter bemühte: „Wir brauchen keinen Mann im Haus. Ich bin für meine Mama da."

Obwohl sie in dieser Zeit viele schöne Reisen mit ihm unternahm, merkte sie, wie sehr er das Landleben vermisste. Und dann ergab sich die Möglichkeit, aus dem Verkauf der Hochhaus-Wohnung die fränkische Hofreite in dem kleinen Ort zu erwerben, direkt an der kleinen Straße mit Bäcker und Metzger, durch die alle Kinder auf dem Weg zur Schule gehen mussten.

Ganz schnell war er in ihrer Mitte integriert, und es begann seine schöne Schulzeit auf dem Lande, bis zu dem Tage, an dem sie wieder in die Stadt zogen und sie ihre Firma hochzog.

„Wow", entfuhr es ihr, „jetzt habe ich aber einen ganz schön großen Bogen geschlagen."
„Eigentlich war ich immer ganz schön flexibel", war ihr Resümee, angesichts der vielen Umzüge und Behausungen, von ganz klein bis ganz groß.

Und jetzt dieser Kurort und ihre geschundene Gesundheit.

„Eigentlich kein Wunder", sagte sie laut, „der Doc hat recht: Alles selbst verschuldet!"

Sie kochte sich erst mal einen starken Kaffee, den sie eigentlich mit den vielen Tabletten, die sie zur Zeit einnehmen musste, gar nicht trinken sollte, aber sie hatte so große Lust darauf.

Ein paar Tage später, traf sie sich mal wieder mit ihrer Frauenrunde. Diesmal bei Moni, und die platzte gleich mit der Zeitung in der Hand und der Neuigkeit heraus: „Dein Mann ist gestorben, Nane."

Sie war zunächst sprachlos, bis sie begriff, dass Moni ihren Exmann meinte. Seit Jahrzehnten hatte sie nichts mehr von ihm gehört und auch nicht gewusst, dass er mit einer neuen Ehefrau in die große Stadt gezogen und dort im Magistrat der Stadt einiges bewirkt hatte.

Der Nachmittag war für sie gelaufen. Die Gespräche rannen wie Nebelstreifen im Herbst an ihr vorbei. Plötzlich kam alles Erlebte in ihr hoch …

Sie war damals seit einiger Zeit mit einem Mann liiert, den sie im Nachhinein als ihre große Liebe beschrieb. Leider machte er den gravierenden Fehler, ihre Selbständigkeit zu unterbinden. „Ich möchte Dich verwöhnen, mein Engel. Du musst wirklich nicht arbeiten", war sein stetiges Credo.

Aber sie war jung und ungestüm und wollte es ihm, ihrem strengen Vater und dem Rest der Welt beweisen, dass sie sehr wohl Karriere machen könnte. Darüber waren sie so in Streit geraten, dass sie kurzfristig bei ihm auszog und sie in den Rohbau einer Landhausvilla einzog.
Umzug Nummer 6.

Sie hatte den Besitzer der Villa auf dem Parkplatz der Spielbank kennen gelernt. Das hätte ihr zu denken geben müssen. Aber sie war an diesem Abend so betrunken – was ganz selten bei ihr geschah – dass sie mit ihm mitfuhr, weil sie vernünftigerweise in ihrem Zustand den alten R4 stehen ließ.
Sie redeten die ganze Nacht und auch den nächsten Tag, und sie hatte das Gefühl, er sei genauso ehrgeizig wie sie und würde sie verstehen.

Mehr aus kindlichem Trotz hatte sie seinen romantischen Heiratsantrag angenommen und war bei ihm eingezogen, mit besagtem Spiel-, Ess-, Kamin- und

Lese-, Kinder-, Fremden- und riesigem Schlafzimmer inklusive Ankleideraum, Doppelgarage und ausladender Terrasse, obwohl sie schon zu dieser Zeit merkte, dass dieser Mann viele Angewohnheiten hatte, die sie gar nicht tolerierte.

Ständig gab es Geldprobleme, von denen er verlangte, dass sie sich darum kümmerte. Es gelang ihr, sie immer wieder mit neuen weiteren Krediten zu bereinigen.

Er war ein Angeber, er schmückte sich mit fremden Lorbeeren, und er betrog sie, wo er nur konnte. Und trotz seines beruflichen Ehrgeizes, lebte er ständig über seine Verhältnisse. Welch ein fataler Fehler.

Dann erlebte sie die Liaison in der amerikanischen Agentur und die unbeabsichtigte Schwangerschaft.

„Ach Geli, warum habe ich damals diesen Mann geheiratet, obwohl ich ihn doch gar nicht liebte."
„Weil aus dieser Verbindung Dein wunderbarer Sohn entstand. Es sollte wohl so sein."

Sie hatte Geli vom Tod ihres Exgatten erzählt, nicht aber, dass sie nicht sicher sei, ob ihr geliebter Sohn tatsächlich von ihm stammte. Jetzt war sie bei ihr zu Gast und aß schon das dritte Stück des herrlichen Obstkuchens, den Geli gebacken hatte.

„Jetzt weiß ich, warum viele Frauen aus Frust dick werden. Es tut gut, sich mit Leckereien abzulenken, Geli."

„Danach waren mir nur noch mein Sohn und meine berufliche Karriere wichtig. Für alles Private war irgendwie kein Platz mehr. Wie hast Du das mit Manfred all die Jahre so gut hingekriegt?"

„Ach Nane, ich habe auf vieles verzichtet in meiner Ehe, war über Jahre nur Hausfrau und Mutter und nur die letzten Jahre halbtags tätig. Du glaubst gar nicht, wie oft ich auf Deine beruflichen Erfolge neidisch war. Aber man kann nicht alles haben."

„Du warst auf mich neidisch, Geli, das glaube ich nicht", prustete sie noch mit Kuchenresten im Mund heraus.

„Doch, glaub' mir. Du warst immer der strahlende Mittelpunkt bei all Deinen Festen, die Du gegeben hast. Angehimmelt von den tollsten Männern. Alle haben Dich bewundert. Hast Du das denn nie gespürt?"

„Nicht wirklich", kam es jetzt sehr leise aus ihr heraus. „Das war für mich alles irgendwie selbstverständlich."

„Nein, Nane, das war absolut nicht selbstverständlich. Du hast beruflich wirklich Erstaunliches vollbracht. Darauf solltest Du stolz sein."

„Der Arzt sagt, ich müsste mehr Selbstbewusstsein entwickeln und egoistischer werden, mich nicht für unersetzlich halten, sondern loslassen und nachsichtiger zu mir selbst werden."

Ihre Stimme war noch leiser geworden.
Geli stand auf und nahm die Freundin einfach in den Arm.
Das war das Beste, was sie in dieser Situation tun konnte.

Auch an diesem Abend konnte sie nicht einschlafen.
Als hätte sie etwas gespürt, rief Biggi an, und sie erzählte ihr alles vom Nachmittag.
Wie immer hörte diese aufmerksam zu und bekräftig-
te die Worte des Arztes. Er hätte recht, sagte sie und
bat sie, auf ihn zu hören.

„Du bist ein Geschenk, Biggi, das wollte ich Dir schon
lange einmal sagen.“
Eine kleine Pause entstand. Biggi schluckte.
„Danke, Liebes, das kann ich nur zurückgeben. Jetzt
schlaf gut und träum was Schönes.“

Sie wachte auf, weil sie vom Haus auf dem Lande und
ihrem Exmann geträumt hatte. Dazwischen mischten
sich dann noch all ihre anderen Liebschaften.
„Ich glaube, ich weiß überhaupt nicht, was Liebe ist.
Warum habe ich keinen Mann, der mich liebt und
den ich liebe“, fragte sie weinend in die Nacht.

„Ich bin überzeugt, dass die Wurzeln Ihres Unglücklichseins in Ihrer Kindheit und Erziehung liegen", erklärte ihr der verständnisvolle Therapeut, der mit ihrem Internisten und Kardiologen zusammenarbeitete und immer eine Schachtel Kleenex griffbereit hatte.

In den letzten Wochen ging es ihr immer schlechter. War es der normale November-Blues oder eine echte Depression?
Sicher war es in erster Linie den Anstrengungen geschuldet und ihrer Art, nicht während des Geschehens zu reagieren, sondern erst danach.

Warum hatte sie Alex nicht ihre aktuelle Telefonnummer hinterlassen, und was hielt sie davon ab, ihn einfach anzurufen?

„Was macht das Alter mit einem? Man ist längst nicht mehr so spontan wie in jungen Jahren. Man wird zögerlicher, nachdenklicher. Aber wie viele Gelegenheiten verpasst man dadurch??"

All diese Fragen hatte sie in ihrer Frauenrunde gestellt, und jede hatte eine andere Antwort darauf, je nachdem in welcher Situation sie sich gerade befanden.

Aber eines wurde absolut sichtbar:

„Sie hängen alle viel mehr am Leben und an schönen Dingen als ich", wurde ihr bewusst.

„Es ist nicht egoistisch mit allen Mitteln zu versuchen, glücklich zu sein. Es ist reiner Überlebenswille und das ist jeder seinem Leben schuldig", hörte sie jetzt schon des Öfteren vom Psychotherapeuten.

„Überlegen Sie, was es mit Ihrem Sohn machen würde, wenn Sie Ihr Leben einfach fortschmissen, Frau Körner. Dem geliebten Menschen, für den Sie der absolute Dreh- und Angelpunkt waren, der keinen starken Vater hatte, an den er sich hätte anlehnen können. Er hatte nur Sie!"

Die Worte prasselten wie Faustschläge auf sie herab und sie wurde demütig. Gleichzeitig kam eine lange verdrängte Wut in ihr hoch.

Was konnte sie dafür, dass sie nicht gewollt und nie geliebt worden war. Dass sie so eine schreckliche Kindheit hatte erleben müssen und sie nur in der Flucht aus dem Elternhaus mit so jungen Jahren eine Möglichkeit sah, sich zu „befreien", wie sie es nannte …

Sie hatte einen riesigen Vorteil gehabt. Sie sah mit 16 schon aus wie Mitte Zwanzig und benahm sich auch so. Sie fälschte die Unterschriften ihres Vaters, zog in eine WG – **Umzug Nummer 1** – und begann zu studieren. Daneben ergatterte sie immer wieder lukrative Jobs, die sie am Leben erhielten. Das bestand zwar häufig nur aus Brot mit Quark, aber sie wurde satt.

Von einer WG zog sie in die nächste, – **Umzug Nummer 2 und 3** – aber immer wieder lernte sie interessante Menschen kennen und tolle Männer, die es glücklicherweise gut mit ihr meinten.

Erst im Nachhinein wurde ihr bewusst: Wäre sie nur an einen falschen Mann geraten, hätte sie in der Gosse landen können.
Sie wusste doch nichts, man hatte sie nie aufgeklärt, sie kannte all die Gefahren nicht, in die eine junge Frau hätte geraten können, aber irgendwie hatte sie einen Riecher für Männer, die es – wie bereits beschrieben – gut mit ihr meinten und ihr immer wieder weiterhalfen.

So lernte sie Düsseldorf kennen, jobbte dort auf der Modemesse und wohnte bei einem jungen Schauspieler mit Hund und lesbischer Freundin in einer Dachwohnung.
Umzug Nummer 4.

Bei einem Fotoshooting für einen befreundeten Kameramann, lernte sie – wie sie es später nannte – ihre „große Liebe" kennen.

Er hatte eine unnachahmliche Art, seine Mitmenschen durch intelligente Reden in seinen Bann zu ziehen. Er war ihr an diesem Tag sofort aufgefallen, und sie schaffte es, dass auch er auf sie aufmerksam wurde.

Ohne jede Scheu, folgte sie ihm in sein schönes Haus, und nach einer endlosen, durchliebten Nacht, mit den schönsten Orgasmen, zog sie anderen Tags bereits bei ihm ein.
Das war – wenn sie richtig rechnete – **Umzug Nummer 5**, aber eigentlich müsste er Nummer Sex gewesen sein.

Das Leben war ein einziger Höhepunkt. Er wusste so viel, er konnte so viel. Sie lernte von ihm kochen und backen und Wildblumen von schmackhaften Kräutern zu unterscheiden.

Aber je mehr sie von ihm lernte, desto selbständiger wurde sie, und umso mehr drängte es sie, auch beruflich durchzustarten. Und da machte er den großen Fehler.
Er hatte sich so an sie gewöhnt, war so eifersüchtig, dass er sie unbedingt für sich alleine „besitzen" wollte.

Er las ihr jeden Wunsch von den Augen ab, aber das zog bald nicht mehr bei ihr. Sie war flügge geworden.

Alle gut gemeinten Ratschläge ihrer Freundinnen, diesen wunderbaren Menschen, der sie auf Händen trug, doch nicht zu verlassen, schlug sie in den Wind. Ihre Freiheit war ihr wichtiger.

Und so kam es nach einiger Zeit zu dieser überstürzten Heirat und zu ihrer Schwangerschaft, als sie in dieser amerikanischen Agentur arbeitete und den jüngeren, sportlichen Mitarbeiter kennen- und lieben lernte.

Ihr Psychotherapeut hatte ihr aufmerksam und ohne sie zu unterbrechen zugehört. Jetzt räusperte er sich und sagte: „Frau Körner, nichts im Leben geschieht ohne Sinn. Sie waren ungewöhnlich feministisch, wenn ich das einmal so sagen darf. Als Sie jung waren, existierte noch ein völlig anderes Rollenbild. Ihr Verhalten war absolut außergewöhnlich.

Aber ihr großes Leid in der Kindheit, hat sie so stark gemacht. Ein behütetes Mädchen wäre nie auf den Gedanken gekommen, sich solcher Strapazen im Leben auszusetzen.

Nehmen Sie einfach an, was das Leben Ihnen rückwirkend erklären kann.

Sie haben vielleicht nicht alles richtig gemacht, aber in

der jeweiligen Situation fühlte es sich richtig an. Und nur das ist relevant.

Außerdem, was ist richtig oder falsch? Dafür müsste man definieren, was man genau unter diesen Begriffen versteht.

Für den einen ist nur das Streben nach Reichtum richtig, für den anderen ist die Befriedigung mit dem, was man tut, Reichtum.

Sie haben sich ein Leben lang mit Letzterem zufriedengegeben, und aus lauter Freude an der Arbeit unterschätzt, dass ihr Körper Ruhephasen braucht.

Akzeptieren Sie jetzt den berechtigten Wunsch Ihres Körpers nach Ruhe, und Sie werden sehen, alles andere klärt sich von alleine. Haben Sie Geduld und werden Sie freundlich zu sich selbst, ohne schlechtes Gewissen. Sie haben es sich verdient."

Tapsig wie ein junger Bär und wie betäubt verließ sie seine Praxis. Sie schwankte auf dem kurzen Weg zum Auto, schloss auf und fiel stöhnend auf den Sitz.
Das musste sie erst einmal sacken lassen.

Noch aus dem Auto heraus, rief sie Geli an.
„Liebes, kannst Du heute Nachmittag kommen, ich brauche Dich."
Nach einer kleinen Pause sagte Geli zu.

Diese saß mit ihrem Mann gerade beim Mittagessen.
„Stell Dir vor, eben hat Nane zu mir gesagt, sie brauche mich. Das hat sie noch nie im Leben gesagt. Ich fahre nachher zu ihr. Bin sehr gespannt, was passiert ist."

Diesmal war sie es, die Geli spontan in den Arm nahm und so überschwänglich herzte, dass diese sich fast erdrückt fühlte.

„Was ist passiert, Nane. So kenne ich Dich nicht."

Und dann erzählte sie der Freundin fast wortwörtlich vom Besuch bei ihrem Psychotherapeuten.

„Mit anderen Worten habe ich Dir schon so oft versucht, das Gleiche zu vermitteln. Aber Du hast nie auf mich gehört, Du liebes, oberhessisches Dickköpfchen."

„Ich glaube, ich kriege noch mal die Kurve. Ich möchte es."

„Na endlich, so kenne ich meine Kämpferin Nane." Geli war erleichtert.

„Entschuldige, dass ich mich so hab' hängen lassen und Euch Kummer bereitet habe. Ich habe ehrlich geglaubt, ich hätte alles im Leben falsch gemacht. Aber im Rückblick habe ich immer nur reagiert. Zugegeben, oftmals sicher zu rasch und aus einem Impuls heraus. Aber letztlich hat es mich doch immer vorangebracht."

„Alles richtig, meine liebe Nane, aber bitte versprich mir, in Zukunft die Dinge nicht zu überstürzen. Wir sind jetzt in einem Alter, wo wir das Recht haben, so zu leben, wie wir es für richtig halten.
Wir müssen niemandem mehr etwas beweisen. Das bedeutet auch, dass Du jetzt ganz in Ruhe einen Schritt vor den anderen machen solltest.
Jetzt ist erst einmal die Wiederherstellung Deiner Gesundheit wichtig. Dann überlegst Du Dir, ob Du Dein Haus an der Nordsee weiter vermieten oder lieber verkaufen möchtest. Danach entscheidet sich, ob Du in dieser Wohnung bleiben, oder doch lieber wieder in einer Eigentumswohnung leben willst. Hallo, eine spannende Zeit steht Dir bevor, meine liebe Nane.

Und Du weißt, Du kannst Dich, egal wie Du Dich entscheidest, auf uns verlassen."

„Warum habe ich so schwarz gesehen. Entschuldige Geli."

„Bitte hör' auf, Dich immerzu zu entschuldigen. Das ist nicht nötig. Vertrau' den Ärzten und Deiner Widerstandskraft. Alles wird gut, ich spüre das."

Es wurde noch ein sehr lustiger Nachmittag mit vielen „sag ich doch" und „glaubst Du mir jetzt" und anderen Halbsätzen.

Und dann meinte Geli plötzlich lachend: „Du, ich musste gerade daran denken, dass Du mal sagtest, zu unserer Zeit wären wir doch erst mit 21 volljährig geworden. Vielleicht musst Du ja doch noch mal umziehen, um endlich erwachsen zu werden."

Sie lachten beide, bis ihnen die Tränen kamen.

An diesem Abend ging sie sehr früh ins Bett, machte brav ihre Atemübungen und nahm dann allen Mut zusammen und wählte die Nummer von Alex …

EPILOG

Wer oder was bestimmt unser Leben?
Wieviel Liebe können wir geben?
Warum sind viele Pfade oft so verschlungen?
Warum ist nur erfolgreiches Leben gelungen?

Ich möchte endlich vergeben und verzeihen.
Gelebtem Leben eine gewisse Würde verleihen.
Auch wenn Vieles nicht richtig erscheint.
Es war doch niemals böse gemeint.

„Alles hat seine Zeit", steht in der Bibel.
Ich begreife es als meine „Lebensfibel".
Will nicht mehr hadern mit mir und meinem Streben.
Will endlich glücklich und in Frieden leben!

Ingrid Metz-Neun
Brav kann ich auch, bringt aber nix
Roman
ISBN: 978-3-945923-20-7
168 Seiten, 10,00 €

Pressestimmen zu
Brav kann ich auch, bringt aber nix:

Über Jahrzehnte beschwor Ingrid Metz-Neun allein mit dem Klang ihrer Stimme erotische Phantasien herauf. Jetzt füttert die 68-Jährige die Bilder im Kopf ihrer Leser. Der freizügige Roman BRAV KANN ICH AUCH, BRINGT ABER NIX, ein Plädoyer für ein Leben in Unabhängigkeit und für ein Beziehungsmodell, das nicht damit endet, dass Paare in Rente gehen und sich nichts mehr zu erzählen haben, sondern weiter ihre Liebe leben, kommt gut an.
Frankfurter Neue Presse

Ingrid Metz-Neun blickt auf ein bewegtes Leben zurück. Jetzt hat die gelernte Schauspielerin und Synchronsprecherin ihren ersten Roman veröffentlicht. Das Buch BRAV KANN ICH AUCH, BRINGT ABER NIX ist eine Mischung aus Fantasie und Erlebtem.
Dithmarsche Landeszeitung

Gartenarbeit, Strandspaziergänge und das Schreiben an der Nordsee – für all das hat Ingrid Metz-Neun endlich Zeit. „In meinem Kopf ist so viel, was raus will – so schnell kann ich gar nicht schreiben", sagt sie. Gerade ist ihr erster Roman erschienen – und ein Hauch Autobiografie steckt in BRAV KANN ICH AUCH, BRINGT ABER NIX.
Straßenbahn Magazin

Ingrid Metz-Neun
Wenn der Verstand Pause macht, höre auf dein Herz
Lebens- und Liebesgeschichten
ISBN: 978-3-748167-19-8
171 Seiten, 10,00 €

Leserstimmen zu
Wenn der Verstand Pause macht, höre auf dein Herz:

Drei Geschichten, drei Frauen, die sich zwischen Herz und Verstand entscheiden müssen und im Alter zurück auf ihr Leben und auf ihre Entscheidungen blicken. Drei Geschichten, voll aus dem Leben gegriffen.
Die Autorin Ingrid Metz-Neun erzählt bildhaft und glaubwürdig, so dass man sich in die Protagonisten sehr gut hineinversetzen kann. Und manchmal den Vergleich mit dem eigenen Leben und den eigenen Entscheidungen zieht. Der Schreibstil ist flüssig und lässt sich sehr gut lesen. Die einzelnen Kapitel sind angenehm kurz. Sehr gerne habe ich dieses Buch gelesen.
Mein Fazit: Ein sehr unterhaltsames Buch, das auch zum Nachdenken anregt. Ich gebe 5***** Sterne und eine ganz klare Leseempfehlung.

Ingrid Metz-Neun schenkt uns ein herrliches Büchlein! Schon das Cover ist so schön, dass man das Buch sofort in die Hand nehmen muss.

Sie nimmt uns mit zu drei Frauen, die ihre Geschichte erzählen, und wie sie sich entschieden haben. Das Büchlein ist super gut geschrieben, ich habe die drei Geschichten an einem Nachmittag verschlungen und hätte gerne noch weitere gelesen! Ein Buch, das man gerne seiner Freundin schenkt!

Ingrid Metz-Neun
Schreiben ist wie leben – nur schöner
Roman
ISBN: 978-3-749429-95-0
164 Seiten, 10,00 €

Leserstimmen zu
Schreiben ist wie leben – nur schöner

Beim Lesen dieses schönen Buches wird einem schnell bewusst, dass jeder Einzelne von uns vergänglich ist. Was bleibt von uns? Vielleicht sollten wir alle, für uns wichtige Momente und Erinnerungen zu Papier bringen, um unseren Liebsten Trost zu spenden.

Wem es vielleicht nicht bewusst ist, oder wer es durch Beruf und Hektik vergessen hat, wird an die kleinen wichtigen Dinge im Leben erinnert.

Diese Gedichte und Geschichten lassen einen Blick auf die Seele der Mutter zu, mit Zweifeln, Stärken und Sehnsüchten ... Wer war meine Mutter wirklich? Diese Frage stellt sich Patrick, als er diese Sammlung findet ... und voller Spannung und Neugier liest. Diese Frage mag sich so mancher stellen, wenn die Eltern verstorben sind, nur haben viele nicht das Glück, Erinnerungen in schriftlicher Form und dadurch Antworten zu finden ...

Ingrid Metz-Neun
... wie Wunsch und Wirklichkeit –
die Reise des Lebens
ISBN: 978-3-750418-66-0
151 Seiten, 10,00 €

Die Sonne schien, die Vögel zwitscherten und die ersten Rosen waren im Vorgarten der Therapeutin aufgeblüht. Immer, wenn sie aus diesem Haus trat, fühlte sie sich leicht und unbeschwert, aber dieses Gefühl hielt leider nie lange an.

**Leserstimmen zu
... wie Wunsch und Wirklichkeit –
die Reise des Lebens:**

Liebe Frau Metz-Neun. Ich kann in all ihren Büchern Gemeinsamkeiten mit meinem Leben und meinen Gefühlen entdecken. Wenn ich traurig bin, schau ich immer wieder gerne hinein.

Gerade dieses Buch hilft mir so über den Tag. Mein Mann ist dement und ich weiß, was es heißt, einen solchen Alltag zu bewerkstelligen. Es ist schwer, wenn die Stimmungsschwankungen in immer kürzeren Abständen kommen. Schade, dass das Buch so kurz ist. Ich hätte gern noch weiter gelesen.

Ich habe selbst viele Sprünge in meinem Leben gemacht. Dieses Buch gibt so viel Hoffnung, dass man eines Tages glücklich werden kann.

Ingrid Metz-Neun
Ich weiß jetzt, was ich will
Roman
ISBN: 978-3-752690-15-6
124 Seiten, 10,00 €

**Leserstimmen zu
Ich weiß jetzt, was ich will:**

Dieses kleine Büchlein ist ein echtes Schmankerl für zwischendurch. Ich mag es, dass man es in kürzester Zeit gelesen haben kann. Quasi ein kleines Stück Zerstreuung an hektischen Tagen.

Großartig finde ich, dass hier mal eine Frau über 60 die Hauptrolle spielt und dass auch ihr ein Liebesleben zugestanden wird und sich nicht alles nur um ein Leben als Großmutter dreht. Langweilig wird es auch nicht, man fiebert als Leser:in nahezu mit, wie es der Protagonistin wohl ergehen mag und hofft, dass sie die Geschichte überlebt. Dieses Buch macht mir Hoffnung, dass es mir im Alter ähnlich aufregend, und gar nicht langweilig ergehen wird.

Aus der Ich-Perspektive berichtet Gisela humorvoll und voller Selbstironie von all ihren Gefühlen, Sorgen und Wünschen. Von den Alltagsproblemen einer verheirateten Rentnerin bis hin zu kleineren und größeren Fehltritten – nichts lässt sie in ihrer Erzählung aus. Durch diese gnadenlose Ehrlichkeit ist das Schmunzeln beim Lesen vorprogrammiert!

Die Geschichte umfasst knapp 100 Seiten und ist damit eine kleine und kurzweilige Lektüre. Besonders gefallen mir die Rezeptvorschläge im Anhang. Sie sind eine tolle Ergänzung, da Gisela häufig von ihren Back- und Kochkünsten schwärmt und damit Lust aufs Essen macht.

Mir gefällt die Geschichte mit dem leichten, lebendigen Schreibstil. Für mich ist sie eine, die man einfach mal so zwischendurch lesen kann – davon gibt es gar nicht so viele. Gefreut habe ich mich über den Anhang, in dem die Autorin ihre Freude am Kochen zeigt und auch einige ihrer Rezepte verrät.

Ingrid Metz-Neun
Alleine ist man nicht so einsam
Roman
ISBN: 978-3-753458-06-9
142 Seiten, 10,00 €

**Leserstimmen zu
Alleine ist man nicht so einsam:**

Ingrid Metz-Neun nimmt einen mit auf die Reise des positiv denkens.

Das Buch ist locker leicht zu lesen und zeigt einem, wie man mit positivem Denken aus dem Tief wieder heraus kommt.

Besonders die tollen Sprüche, welche aller paar Seiten auftauchen, regen zum Nachdenken an. Das hat mir gut gefallen.

So kann man das Buch immer mal wieder aufschlagen und einen positiven Spruch auf sich wirken lassen.

Mia ist am Tiefpunkt und bekommt von ihrer Therapeutin den Tipp, ein Dankbarkeitstagebuch zu führen. Es kommt ihr absurd vor. Aber fortan begleitet es sie durch ihr Leben.

Ein schönes Buch, es hat mir gut getan es zu lesen.

P.S.: Ein schönes Cover, das für mich Leichtigkeit und Ruhe ausstrahlt. Wenn man dann das Buch gelesen hat, bekommt es noch einen direkten Bezug.